講談社文庫

冬の蝶

梟《ふくろう》与力吟味帳

井川香四郎

講談社

目次

冬の蝶

梟《ふくろう》与力吟味帳

第一話　仰げば尊し

一

いつの世も、どこの組織でも、人事権を持っている者は周りから一目置かれている。江戸幕府役人においては、奥右筆《おくゆうひつ》がその立場にあった。

奥右筆とはいわば機密事項を扱う書記官僚の長である。老中の御用部屋に隣接して詰所があり、常に幕閣重職と一体となって任務を執行していた。

中国古代の慣例集『礼記《らいき》』によれば、皇帝のそばに侍して言動を直接書いた官吏がいたらしいが、それが右筆の謂れである。

もちろん、記録を書き留めるだけが役目ではない。幕府や藩政に関する最高機密を扱うのだから、老中から意見や判断を求められるほどの権威があり、またそれに充分応えられるだけの見識と才覚が求められた。

将軍が使用する印判をも保管し取り扱う立場にあったのだから、その職の重みが分かる。表右筆が書類の作成に専念するのに対して、奥右筆は幕政の中枢であったから、大名や旗本からの付け届けは莫大なものだった。

身分は布衣《ほい》、わずか四百俵高の役職にも拘わらず、留守居や大目付など旗本の最上職に匹敵する立場にあった。ゆえに、態度も偉そうなことこの上ない。

毛利《もうり》源之丞《げんのじょう》八助《やすけ》が奥右筆に呼びつけられたのは、晩夏の昼下がりだった。

「前々から懸案のことだが、公儀でも諸事情があって、人減らしをせねばならぬことになった。そこで……」

八助は愕然となって、奥右筆筆頭の大条綱照《だいじょうつなてる》の鰯《いわし》のような小さな目を見た。奥右筆仕置係の八助は、そつなく役職をこなしていたつもりだが、とうとう肩叩きされるのかと思うと情けなくなった。

「あの……私のどこがいけなかったのでしょうか。地道ではありますが精一杯、お上《かみ》に仕えてきたつもりでございます。小さなことからコツコツとやることはまったく苦にならず、人一倍、何事も努力研鑽してきたつもりです。どうして私がクビを……」

「おぬしではない」

と大条が淡々と言ったとき、八助はほっと胸を撫で下ろすと同時に、早とちりをしたことで、思わず自嘲の笑みをこぼした。

「ああ、そうですか。そうでしょうとも、ねえ。私がさようなことになるなんて、いくら何でもありますまい、はは」

「安心せい。仕置係のおまえを辞めさせるわけがないではないか」

仕置係とは、本来、重い犯罪を審理し裁決を下す評定所役人の人選をする役目である。また町奉行や勘定奉行、寺社奉行から事件について問い合わせがあった場合、犯罪の判例や罪人録などを調べて、適切な判断を導き出せるよう資料を漁《あさ》り、意見を上申しなければならない。

それほど重要な役職であるから、大名の隠居家督係や縁組官位補任係などと一緒に、人事について下調べをしたり、免職を言い渡す嫌な役目もしなければならないのだ。

「では、私が誰かを……」

八助が今度は少し憂鬱な顔になると、大条は当然のように頷《うなず》いて、

「さよう。ここに二名おってな、どちらを辞めさせるか悩んでおる。おまえに任せるゆえ、適切に判断して、円満に辞職させせい」

と差し出した書類は、北町奉行所吟味方与力・藤堂逸馬《とうどういつま》と寺社奉行吟味物調役支配取次役・武田信三郎《たけだしんざぶろう》に関わるものであった。経歴や賞与、功績などが記されている。

「こ、これは……!?」

二人とも八助の幼なじみである。同じ寺子屋や剣術道場で勉学し、遊び、喧嘩をし、恋しい娘を奪い合った竹馬《ちくば》の友だ。この二人のいずれかのクビを切れというのは、何とも残酷な話ではないか。

「大条様、この藤堂逸馬と武田信三郎は……」

「分かっておる。おぬしとは仲の良い友だと承知しておる」

「だったら、なぜ……」

「だからこそだ。能力や性根、人柄から思想や教養、そして日頃の暮らしぶりや身の回りやつきあっている相手など、おぬしなら熟知しておろう。ゆえに適切な判断ができると見込んだのだ」

「はあ、しかし……」

「おぬしが苦悩するのも分からぬではない。しかし、これは幕命じゃ。篤《とく》と熟慮して、だが速《すみ》やかに事に当たれ。でないと、矛先は我が身に向くと心得よ」

大条は毅然と用件を述べると、下がってよいと険しい口調で言った。

「ハハッ——」

八助は大条に尻を向けぬよう後ずさりして廊下まで下がると、両肩を落として自席のある用部屋まで戻った。渡されたばかりの書類を文机に置くと、腹の底から長い溜息を吐き出して、

「なんだ、これは……ひょっとして、俺が試されているのか？」

と勘繰った。

西之丸切手門番頭をはじめ、畳奉行、宗門改役、小普請方改役など、八助はこの職に就く前に、二十年足らずの間で六ヵ所も御役を回されている。その都度、上役から、「大儀であった」の一言で特段の報償もなく、言われるがままに拝命して来たが、わずかばかり出世したと自負もしていた。奥右筆勤めは望外の喜びであったが、やってみるとこれが大変だった。

——一目置かれるのはよいが、恨みも買う。

というやつで、なかなか本音でつきあう人がいなくなったのだ。幼なじみの藤堂逸馬と武田信三郎ですら、会うたびに、「おまえに話すと老中に筒抜けだからな」とか「そうやって、俺たちのあら探しをしてるンじゃないのか」などと皮肉ばかりを言うのだ。

考えてみれば、幼い頃から、この二人の使いっ走りのような存在だった。その上、何か悪戯《いたずら》をしても要領の悪い八助が叱られたり、尻拭いをさせられたりしていたのだ。それなのに感謝の言葉もなく、当然のように、

「とろくさいから見つかるのだ。もっと逃げ足が早くなるよう鍛えてやる」

と逸馬と信三郎は、無理な竹登りや野駆けを強要する。二人は実に楽しそうだったが、八助にしてみれば、虐《いじ》められているとしか思えなかった。

「そうだな……あんな奴らだからな、この際、どっちかを辞めさせてもよいか」

とはいえ、書類をめくっていると、どうしても辞職をさせる理由が見つからない。むしろ二人とも、有能の士なのである。

「逸馬なんか、吟味方与力のくせに、いつも事件があれば自ら足繁く探索に出向いて、定町廻り方よりも綿密に調べてるしな……信三郎にしても、寺社奉行所の下級役人に過ぎないが、頭がよくて判例が着物を着てるような奴だしな。それに二人とも武芸十八般の達人ときてる……俺が一番無能か……イヤイヤ、俺には十二の息子を頭に六人も子供がいるのだ」

ブルブルッと八助は首を振って、

「逸馬は優雅でお気楽な独り者だしな、信三郎だって女房と二人暮らし、しかも四度

目の女房で今度のは髪結いときてる。別に職を失ったからって困る訳じゃあるまい。それに較べて俺は、下手すれば一家心中もんだ。ああ、いくら幼なじみでも人のことを案じてるときじゃないぞ。ゴホゴホッ」

と一人で興奮気味に咳き込んだが、冷静に考えてみれば、どうしてこの二人が辞職を迫られなければならないのか分からない。

そもそも幕府は七百万石もの収入がありながら、そのうちの三百万石近くが〝人件費〟である。老中若年寄など幕閣をはじめ、旗本御家人に支払われる俸禄が財政圧迫の原因だといってよい。旗本御家人の数はおよそ二万二千人。その家臣が六万人もいる。先の享保《きょうほう》や寛政の改革でも、結局は解決に至らず、天保の今日にあっても、幕府にとっては悩みの種が残ったままであった。

それならば抜本的な機構の改変が必要なのであろうが、旗本や御家人を少しずつ減らしていくやり方は対症療法としても効果があるとは思えない。ゆえに、八助としても、逸馬と信三郎に関しては〝小さな肩叩き〟としか感じないのである。

「あ〜あ。この役目、いっそのこと誰か他の人に代わって貰いたい」

ぶつぶつと言っている八助に、同じ奥右筆寺社係の田野倉《たのくら》が隣席から声をかけた。

「大丈夫でござるか？　顔色が悪うござるぞ。控えの間で休んでは如何《いかが》か」

「あ、いえ……何でもござらぬ」

「このところ諸事万端につき、宿直《とのい》も続き、疲れているのでござろう。背中を揉んで差し上げよう。何なら肩叩きもして進ぜるが」

「と……とんでもない、結構、結構。お心遣いだけで充分でござる」

この同僚は、八助が人事につき重要な機密を知っていると承知しているから、何かにつけ探ろうと近づいてくる。書類をさりげなく袖で隠しながら、

「はあ……気が重い……」

と八助はまたまた深い溜息をついた。

二

その日の夜、五つ（午後八時）を過ぎて、芳町の小料理屋『佐和膳』の暖簾《のれん》を、両肩を落とした八助がくぐった。

白木板がすうっと伸びた奥で、ぬる燗の酒を一人でちびちびやっていた藤堂逸馬が、

「遅かったじゃねえか。ケツが痺れちまって、逆立ちでもしようかと思ってたとこだ

ぜ。なあ、女将《おかみ》」

と少し伝法訛《でんぽうなま》りで振り返ると、三十路《みそじ》を過ぎたばかりの女将に酒を追加して、八助のために腰掛けを引いてやった。

「どうしたんですか、毛利様。顔色が悪いですよ」

襟足の美しい女将が、紅白の萩模様の着物をほんのわずかに着崩して襷掛《たすきが》けをし、小粋な前掛けで濡れた手を拭いて、八助の前に一膳の箸《はし》とお猪口《ちょこ》、それから里芋の白煮を置いた。

「顔色じゃねえ、顔が……いや、ほんとだ。どうしたってんだ、パチ助。またぞろ何かヘマをやらかしたか」

逸馬が銚子に残っている酒を注ぐと、八助は曖昧な返事をして受けていたが、いつもならスウッと飲み干す奴が、ためらうように杯の澄んだ酒を見ている。

「下らぬことで、悩むな悩むな。それが、おまえのガキの頃からの悪い癖だ」

と逸馬が早く飲めというふうに銚子を傾けると、八助はぐいとあおってから、

「……人の気も知らないで」

と呟いた。

「まったくだ。信三郎のやつ、待ち合わせの刻限をまともに守った例《ため》しがねえ。今日

も半刻程、遅れて来ると言いながら、姿を現しやがらぬ。暖簾が下りてしまうぞ、まったく」

笑いながら逸馬が文句を垂れると、女将の佐和は相槌《あいづち》を打って、

「ほんとほんと。人って、待つことが一番、疲れるンですよね、身も心も」

「そうだぜ、なあパチ助……待つ身も考えろってんだ」

「でも、信三郎の旦那なんか、せいぜい一刻やそこいらじゃありませんか。私なんざ、もう何年、待ってることやら」

と意味ありげに微笑みかけながら、燗したばかりの銚子を差し出すと、逸馬もまんざらでもないという顔で受け取って、

「ほら、パチ助、駆けつけ三杯だ。ほれほれ」

「パチ助、パチ助とうるせえな」

「おやおや、今日は虫の居所が悪いと見える。酒を入れてやると、その虫も居心地よくなるに違いあるまい。ほら」

パチ助とは算盤《そろばん》に長《た》けていたから、子供の頃についた渾名《あだな》だ。パチパチと玉を弾いて計算をするのが速い上に、何事に対しても神経質なくらい細かいから、大雑把な逸馬から見れば、おかしくてしょうがないのである。

ちなみに逸馬は、体が大きい上に、何が愉快なのかいつも大声で笑っており、大概のことには腹を立てない。その鷹揚な態度と威風堂々とした風貌から、〝大将〟と渾名されている。もちろん、ガキ大将のガキが取れただけの値打ちだが、子供の頃からの正義感は、吟味方与力の仕事には大いに生かされている。

まだ遅れて来ていない武田信三郎は、〝黄表紙〟という渾名だ。子供の頃から助平で、大人が見る艶本である〝黄表紙〟を手に入れては、まだ事情を知らない寺子屋の仲間などに、まるで説法でもするように女体や情交について語っていた。

その方では奥手だった逸馬や八助には興味津々《しんしん》の反面、恥ずかしくて開いた口が塞がらぬことも多々あった。

しかし、いい年になったら節度を弁《わきま》えるものであろうが、今でも信三郎はガキのように嬉しそうに下卑《げび》た話をすることがある。それでもまったく嫌らしくないところが、信三郎の憎めぬ人柄であった。

「それが評定所の裁きを左右する役職にいるんだから、世の中、どうなってるんだ」

というのが、逸馬と八助の偽らざる思いであった。

とまれ、八助の様子があまりにも陰々滅々としているので、逸馬が顔を覗き込むと、

「どうした。お役目のことか、それとも子供たちのことか」

「おまえたちのことだよ」

「俺たち？」

「いや、なんでもない」

「昔からそうだ。おまえ、いつも肝心なことは言いやがらない。それでもって、俺と信三郎に後から責められるンだ」

「話せることなら話したいところだが、職務上のナントヤラだ……」

「それなら俺だっていくらでもある」

「ま、いいや……」

と八助はもう一度、酒を飲み干してから、女将が差し出した金目《きんめ》の煮付けに箸を伸ばしながら、

「今日は、一風堂のために集まったのだからな……あ、うめえ……その話をしようではないか……うめえな、やっぱり」

「だろ？　俺が作ったんだ」

「うそ」

「誰も来ねえから。ま、そんなことより、一風堂だがな……さっき聞いたんだが、仙

人の奴、とうとう倒れやがった」

『一風堂』とは、逸馬たちが通った寺子屋のことで、仙人とは恩師のことである。霞を食っては理想ばかりを話す、石門心学《せきもんしんがく》の学者で、和算家の千葉胤秀《たねひで》や農政家の大原《おおはら》幽学《ゆうがく》らとも交流があったという。

石門心学とは、石田《いしだ》梅岩《ばいがん》を祖とする、庶民から生まれた思想学である。朱子学を基調としながらも、日常の営みこそが〝修行の場〟と位置づけており、仕事をすることで自らを高め、社会に貢献するという考えであった。封建社会の中にあって、個性を意識させた勉学の手法は斬新であったと言えよう。ゆえに、いつでも、どこでも、誰でも、何歳であっても、

——一生、勉強。

というのが、仙人の口癖であった。

その仙人こと、宮宅《みやけ》又兵衛が営む寺子屋『一風堂』は、ここ数年、学ぶ子供がとんと減った。仙人が少々、年を取ったために大勢の子供を預かるのが大儀になったこともあって、勉学嫌いな子供や素行の悪い子供などに限って、読み書き算盤を教えていたのである。

しかし、それがかえって災いとなり、時折、心労で倒れることがあったのだ。ため

に、ますます子弟を預ける親も少なくなり、一世を風靡《ふうび》した……この言葉が塾名の語源だが、名門の私学は潰れる危機にあるのである。

そこで、一風堂出身の幕臣や藩士、商人や医者、職人ら様々な者が集まって支援しようではないかと、誰からともなく話が持ち上がった。そんな中で、幹事役として〝白羽の矢〟が立ったのが、逸馬である。

「取りまとめるのは吝《やぶさ》かじゃねえが、俺には先立つものがない。町方与力なんぞ、暮らすだけで大変だからな。だが幸い、商売で成り上がったり、大店《おおだな》の主人に収まった者は結構いる。それに、パチ助、おまえのような立派な旗本もな」

「旗本と言っても下の下の家禄はわずか二百石だ」

「俺なんざ、御家人とは言っても、元は町人だ。何の権力もねえからな、もし一風堂に幕府の援助を求める事態になったら、ご老中に近しい、おまえのこの双肩が……今日はちょいと垂れているが、頼りになるわけだ」

逸馬はたしかに、ここ人形町の町名主の次男坊だった。しかし、一風堂での勉学の出来もさることながら、持って生まれた才覚もあったのであろう、町道場で鍛えた神道無念流の腕前は江戸中の並み居る剣客を唸らせ、大名の御前試合でも名を馳せた。

その巧みで華麗な腕前と剛毅な態度、風貌などに惚れた御家人の藤堂家が、跡継ぎがないため、養子にと申し出て来たのであった。

その後、義父は天寿を全うして亡くなり、代々、藤堂家が拝命している町方与力として勤めを始めたのは、まだつい五、六年前のことである。それまでは、家禄と道場師範としての稼ぎで糊口《ここう》を凌《しの》ぎながら、諸国を旅して回っていたという変わり種である。

自由気ままな旅で学んだことは、

――弱い者が強い者に虐げられ、正直者がバカを見る。

理不尽な世の中だ。子供の頃から正義感が人一倍強かったから、目についた悪党には怒りの鉄拳を食らわせてきたが、まさに〝浜の真砂は尽きるとも……〟である。

ゆえに、あまり乗り気でなかった吟味方与力だが、悪への怒りを、正々堂々と法に則《のっと》ってぶつけることができる役職に就いてからは、俄然、張り切っている。

大坂に長逗留していた折には、騒動を起こした大塩平八郎《おおしおへいはちろう》の屋敷に世話になっていたこともある。

大塩もまた、若い頃、仙人の薫陶を受けたという。そのせいか、最近は、幕閣上層部から、仙人もその教え子の逸馬も睨まれていた。上役の筆頭与力からは、

「なにか、ヘマでもしてくれれば、すぐにでも御役御免にしてやるのだがな」

と露骨に言われたこともある。もっとも、もし、そうなったら気楽な町人に戻るだけのこと。町名主にはなれぬが、長屋の家主の株でも買って、店賃《たなちん》をあてにしながら、『佐和膳』で板前の真似事をするのも悪くない。そんなことを、さりげなく吐露すると、

「ほんとか!?」

と八助は甲高い声になって、妙に嬉しそうな目を向けた。逸馬は怪訝に首を傾げ、

「なんだ。俺の煮付けがそんなに美味かったか」

「そうではない。そうではないが……」

「気色《きしょく》悪い目をするな。なんだ」

「いや、大将なら、何をしても食っていける。どんなことをしても暮らせる力がある。それに較べて、信三郎の方はあれで結構、ひ弱なところがあるからな。権力を笠に着てるときはいいが、その衣を脱いだ途端、情けなくなる奴だしな。うん、やはり大将だ」

「何の話だ?」

「いや、なんでもない。これで俺も腹をくくることができた」

「そうか。一風堂の援助のこと、ご老中に進言してみてくれるか。それは頼もしい」

とパンと八助の背中を叩いて、「明日にでも、仙人に話しておく。女将、もう一本、いや二、三本、いやジャンジャンつけてくれ。払いは太っ腹のパチ助だ」

八助の耳に逸馬の声は入っていない。

「ああ。心が晴れた。今宵は飲むぞ、ふはは。そうだな。大将、やっぱり、おまえだな」

実に愉快そうに笑う逸馬と八助二人を、女将の佐和だけは不思議そうに眺めていた。

その夜、信三郎はとうとう来なかった。

三

翌日――。

日本橋北の時ノ鐘近く、十軒店《じっけんだな》本石町あたりから、通油町の方へ向かって、一人の男が火附盗賊改方同心に追われていた。男はみすぼらしいなりで、無精髭、髷《まげ》も潰れて実に情けない顔をしており、逃げる足取りを見ても今にも倒れそうだった。

それに較べて、追っ手の火盗改方の足腰は鍛え抜かれており、すぐにでも飛びかかれる勢いだったが、逃げる方も意外としぶとい。入り組んだ路地を右へ左と逃げ回った。

「待て、待たないか！　無駄な足掻《あが》きはやめろ！」

火盗改方が叫んだ時、男は天水桶を踏み台にして、板塀の向こう側に飛び降りた。着地したときに少し足首を挫《くじ》いて、痛えッと声を洩らしたが必死に近くの古寺に駆け込んだ。

寺と言っても猫の額ほどの庭に、庵《いおり》を結んだような本堂があるだけの、破《や》れ寺みたいなものだった。

頭がつきそうなほど低い山門には、長年、風雨に晒された『一風堂』という門札が出ている。ここが寺子屋なのだ。

数人の子供たちが、丁度、手習いをしているところだった。男は、人がいるとは思ってもみなかったのであろう。仰天して腰が砕けそうになったが、とっさに近くの六歳くらいの男の子の二の腕を掴《つか》んで、

「大人しくしろッ。ど、どうなっても、いいのか！」

と懐《ふところ》に隠し持っていた匕首《あいくち》を威嚇するようにかざした。

ちょっと席を離れていたが、戻って来たのは、藤堂逸馬だった。奥で臥《ふせ》っている

塾頭の代わりに、勤めの非番を利用して子供たちの面倒を見ていたのだ。

「なんだ。何事だ」

身の丈六尺近い偉丈夫《いじょうぶ》の逸馬を見て、男はわずかに怯《ひる》んだが、子供を引き寄せて、

「近づくな。子供を怪我させたくなかったら、俺の言うとおりにしろ！」

と興奮ぎみに声をあらげたが、逸馬に引き下がる様子はなく、淡々と、

「いかんな。そんな小さな子供をいたぶるなど、いい大人がすることじゃない。さ、そんな危ないものは、こっちに寄こしなさい」

「黙れッ。遊びじゃねえぞ」

男が精一杯威嚇したとき、子供の一人が怖くなって、動いた弾みで硯《すずり》を落としてしまった。その音にほんの一瞬だけ、目を離した隙に、逸馬が音もなくスウッと相手の目の前に飛び込んで、子供を引き離すと同時に、男の腕を摑んで小手返しで倒した。したたか背中から床に倒れた男が、息ができなくて喘《あえ》いでいるのを引き起こし、

「まったく、どういう了見だ」

とさらに腕をねじ上げた。

「いてて……お、折れる。や、やめろ……」

子供たちがワアッと歓声を上げたので、奥で横になっていた塾頭の〝仙人〟が、杖

をつきながら顔を出した。少々、足も痛めているようだ。

「何の騒ぎじゃ」

すぐさま仙人の手を取り、歩くのを支えた、十二、三歳の千登勢という女の子が、

「逸馬様がアッという間に賊を倒してくれたんです」

と言った。

すぐに仙人は険しい目を男に向けたが、俄《にわか》にその表情が緩《ゆる》んだ。子供たちが気づくほどの変化ではない。逸馬が、どうかしたのかと声をかけようとしたとき、

「何処《どこ》だ！　逃げても無駄だぞ！　この寺だな！　おい、何処だ！」

と激しく怒鳴りながら、火盗改方が敷地内に踏み込んで来た。この寺子屋は丁度、路地のどん詰まりになっているから、賊が逃げたのはここだと確信したのであろう。

逸馬の腕から抗《あらが》って逃げようとする男を、仙人はなぜか気遣って、

「逸馬。手を放しておやり」

「そうはいきませぬ。追って来ているのは、どうやら役人だ。訳はともかく、引き渡すのが筋でしょう。ここでも子供を危ない目に遭わせたのですからな」

「いいから……さ、奥へ隠してあげなさい」

「仙人……」

逸馬たち古い〝卒業生〟たちは、師のことを仙人という渾名で呼んでいるが、先生はそれを当然と受け止めている。

——また、いつもの悪い癖か……。

根っから悪い人間なんぞおらぬ、というのが仙人の考えで、何はともあれ、助けてしまうことが度々あるのだ。

仕方なく、逸馬はとりあえず、男を本堂裏の小部屋に閉じこめることにした。その小部屋は、子供たちが悪戯をして、お仕置きされるときに入れられる所だ。

「仙人……俺たちをお仕置きするときには手厳しかった。こんな手合いに甘くすることはありませぬぞ」

「こんな手合いとは何だッ。何も知らぬくせに余計なことを言うな」

と珍しく嗄《しやが》れ声を張り上げて、逸馬を叱りつけるように押しやった。

病気で倒れた割には元気があるものだと感じながら、逸馬は師の言うとおりに男を奥へ連れていった。

入れ代わるように、火盗改方が前庭に駆け込んで来た。鋭い眼光を放ったままで、

「火盗改方同心、黒岩辰兵衛《たつべえ》である。今し方、賊が逃げ込んで来なかったか。背はこれくらいで、四十がらみの無精髭の痩せた男だ」

「いいえ」

と仙人はすぐに答えた。だが、黒岩は、震えていたり、表情が硬くなっている子供の様子や、硯がひっくり返っているのを見て、

「本当のことを言え。下手に隠しだてをすると為にならぬぞ」

まるで匿《かくま》ったのを見抜いたように野太い声で言い放った。どうやら、黒岩は一風堂の塾頭がどういう人物か承知しているらしく、少し威圧的な物言いで、子供らを睨みつけながら、

「どうなのだ？　本当は逃げて来たのであろう」

「いいや。誰も来ておらぬ」

と仙人が断ずると、黒岩はさらに声をあらげて、

「奴は、今、江戸を騒がしている『葛籠《つづら》の半蔵』という盗賊の一味だ。日本橋の両替商に忍び込んで、店の者を二人も殺した上で、千両箱や金の延べ棒を盗んで逃げておるのだ。そやつをしょっ引けば、他の仲間や頭《かしら》の半蔵をお縄にすることができる。隠しだてをすれば、おまえも仲間と見なすぞ」

「知らぬものは知らぬ」

「子供の前で嘘をついてよいのか？　おまえはたしか、四年前に起こった大塩平八郎

の事件のことで、南町奉行鳥居耀蔵様に呼び出されたとき、出向かなかったというではないか」

　大塩平八郎という大坂町奉行所与力が、門弟や百姓を率いて鴻池《こうのいけ》などの豪商を襲って、金品を奪い窮民にばらまいた事件があって、世の中を震撼させたことがあった。

「いや、それ以前にも、御公儀から色々と、よからぬ教えをしているとお咎《とが》めがあったはずだが？」

「すべて誤解だと済んでいる話。それが何か関わりあるのですかな？　葛籠の半蔵とやらを追っていることと」

「じじい。調子に乗るなよ……」

　と言ったとき、逸馬が奥から戻ってきた。仙人の態度には釈然としないものが残っていたが、目の前の火盗改方同心の言動も気にくわない。

「仙人……いや、先生の言うとおりだ。誰も来てはおらぬ。そうだな？」

　と子供たちに同意を求める笑みを浮かべて、「何なら、寺の中を調べてみるか。もし飛び込んで来たのなら、俺たちの知らぬうちに何処かへ隠れているのかもしれぬが、誰もいなければ、おぬしも只では済まぬぞ」

「なんだと？」

「鳥居様の名まで出して、子供の前で先生を恫喝《どうかつ》したのだ。いくら、縄張りのない火盗改とはいえ、きちんと事件のありようを明らかにして、町方にも筋を通して貰うしかあるまい。しかも、ここは寺子屋だ。官許ではないが、北町のお奉行、遠山《とおやま》様の御墨付だ」

「なんだ、貴様……」

「あれ？　知らぬのか……うむ。まだまだ俺も力不足だなあ」

とカンラカンラと笑いながら頭を掻いた。その人を食ったような態度に、黒岩は御用の邪魔をすると容赦せぬと刀の柄に手をあてがったが、逸馬はそれでも淡々と、

「北町奉行所吟味方与力・藤堂逸馬だ。以降、お見知りおきを」

「北町の、と、藤堂……ふくろう与力か」

どうやら名だけは知っていたようだ。ふくろうは闇の中でも獲物を捕らえるということで、逸馬も闇に落ちた事件の核心を拾うということで、奉行所内ではそう呼ぶ者がいた。

黒岩はわずかに後ずさりして、軽く頭を下げた。役職は違うとはいえ、相手は与力。格上の者にこれ以上、乱暴な口調は控えたようだ。

しかも、吟味方の与力となると、色々と面倒だ。定町廻り方同心が今でいう警視庁

捜査一課課長ならば、吟味方は裁判を担当する公判検事と地裁判事を兼ねているようなものだ。裏では、旗本や御家人を監視する目付などとも通じており、町方であるにも拘わらず、役人を訴訟する厄介な権限を使うこともある。

「ま……藤堂様がそうおっしゃるのでしたら、嘘はありますまい。しかし、万が一、そうでなかったとなったら……お覚悟をしておいて下さい」

と強気に吐き捨てて、仙人と子供たちを一瞥《いちべつ》してから踵《きびす》を返した。

立ち去る後ろ姿を見ていた子供たちは、一様にアッカンベエと舌を出したが、片隅で目を細めて見ていた十三、四の男の子だけが、

「下らねえ……」

と鼻白んだ顔になった。声変わりをしたばかりなのか、喉が痛々しいほどの声だ。左吉という名で背が伸びつつあるその子は、少しひねた口調で、

「先生はいつも俺たちに嘘をつくなと言ってる。藤堂さんもそうだ。なのに二人して嘘をつきやがった……ふん。大人とはそうしたもんだ」

「そう言うな。嘘も方便という。おまえも覚えておけ」

と逸馬は笑顔で返して、「もっとも、その方便が何のためだったか、仙人……俺たちにも話して貰わなければ困るがな」

しかし、仙人は曖昧に頷くだけで、何も言わず、

「さ、手習いを続けなさい。わしは逃げも隠れもせぬ。おまえたちに何かあってもいけないから、とっさに匿っただけじゃ。今の男のことは、またおいおい話してやる。よいな」

諭《さと》すように言って、仙人は奥に引っ込んだが、左吉は小馬鹿にしたように口を歪《ゆが》めた。それを見た千登勢は、

「よしなさいよ」

と肘をついた。そんな様子を眺めていた逸馬は、一瞬、表情が曇った。

——この子たちのためにも、なんとか塾を保たねばな……。

この塾で学んでいる子たちの中には、二親《ふたおや》が亡くなったか、行方知れずの子供たちもいる。町名主や長屋の家主らが、預かってはいるものの、身寄りがない寂しさもあって、少々ひねている者もいる。

かつて、仙人が若かった頃には、武家や町人を分け隔てずに実に色々な子が通っていたが、今はこうした訳ありの子供ばかりになっている。それゆえ余計に、なんとかしたいと考えている逸馬であった。

とまれ、この小さな事件が、逸馬たちの身に降りかかる火の粉になろうとは、まだ

誰も気づいていなかった。

四

その夜、逸馬は仙人の様子を町医者に見せてから、何故に盗人を助けたのか、体を気遣いながら問い質《ただ》した。

「それは、吟味方与力としての問いか。それとも、わしの教え子としての話か」

年を取って少々、ひねくれたのであろうか、若い頃のようにスパッと竹を割ったような潔さが薄らいでいる。

「意地悪なことを訊かないで下さい、仙人。俺はあなたのことが心配で……」

と心から思いやる逸馬に、仙人は微笑して、

「分かっておる。しかし、おまえに情けをかけられるようになっては、わしも終《しま》いじゃのう」

「塾を守り立てるために、信三郎もパチ助も頑張ってるンですからね。それこそ老いては子に従えじゃないが、教え子の言うことも聞いて下さい」

そんなやりとりを、部屋の片隅で見ていた、盗人一味の男は神妙な顔ひとつ見せ

ず、なぜ助けたのだと斜に構えた様子である。

逸馬が、ありがとうの一言も言えないのかと問いかけると、

「誰も頼んじゃいねえよ」

と素っ気なく答えた。だが、仙人は咎めるどころか、優しい声で、

「気の済むまで、ここで暮らしてもよいのじゃぞ。あんたを追う方が間違っとる。わしはそう感じたまでじゃからな」

「どうして、こんな真似を？　俺はあんたみたいな爺さん、まったく覚えがないが」

「そりゃそうだろう。でも、恩を受けた方は覚えておるものじゃ」

「恩……？　ふん。俺は他人様に怨まれこそすれ、恩義を感じて貰うようなことは、露ほどもしてねえよ」

「いいのじゃよ、あんたが覚えてなくても」

仙人がしみじみと語るのへ、逸馬は仮にも咎人だから、このまま捨て置くわけにはいかない、咄嗟の仙人の行動には何か訳があると思って協力したが、逸馬にも町方与力としての立場もある、事と次第では、奉行所に連れて行って問い質すと言った。

「何の罪もない子供を刃物で脅したのは事実だ。それだけでも、しょっ引かれて当たり前ではないか？」

と逸馬が男に言うと、それに関しては申し訳ないと素直に謝った。

「しかしな、逸馬……」

仙人は男を弁護するように続けて、「さっきの火盗改は、この人が殺しをした上に、千両箱を盗んだと言うたが、そんなものは持ってないし、刃物に血の一滴もついていない。こりゃ何かの間違いじゃろうて」

下手人ではないと断言する仙人に、逸馬はその根拠を尋ねた。本当に、葛籠の半蔵の仲間でないのなら、逃げ隠れすることはないではないか。

「どうなのだ。おまえは一体、何者なのだ。本当に何もしちゃいないのか」

逸馬が問い詰めると、ぐうっと男の腹の虫が鳴いた。すかさず、仙人は何か食べさせてやらねばと気遣ったが、当人はなぜか施しは嫌だと断った。かなりの偏屈と見える。それどころか、

「どうせ捕まれば死罪だ。好き勝手して暮らしていくまでだ」

と逃げようとするので、さすがにめったに怒らない逸馬もカチンときて、両肩をぐいと押さえつけて、

「病がちな老体が、気遣っておられるのだ。それも分からぬなら、俺が今、ここで取り調べる。北町奉行所与力だということは、既に承知しておるな」

「へ？　何の咎で、です？」

「盗みと殺しだ」

「では先に証《あかし》を見せて下せえ。それとも、証もねえのに、こうやって押さえつけて、やってもねえことを吐かそうとでも言うのか？　結構だねえ、拷問でもなんでもやりやがれ」

自棄《やけ》気味になるのへ、仙人は諭すように、

「そんなふうに言う人ではなかったがな、伊左衛門《いざえもん》さんよ」

「……！」

明らかに目が泳いだ男の顔を、逸馬は見逃さなかった。仙人はさらに続けて、

「河村伊左衛門さん……丹波篠山《たんばささやま》藩蔵役人だったお人じゃ」

「本当か？」

逸馬が男に問いかけたが、素知らぬ顔をしている。が、男が大坂懐徳堂で学んでいたのを、仙人は承知していた。懐徳堂とは享保年間、大坂商人が出資して作った私塾で、後に官許となった町人のための学問所である。立派な町人学者を輩出し、今、昌平坂学問所の学頭をしている佐藤一斎も学んだことがある。

一斎と仙人は、かつて同じ釜の飯を食った仲で、今でも交流があり、かねてより昌

平坂教授へ誘われていた。が、仙人は町場での初等教育に拘《こだわ》って、貧乏暮らしを余儀なくされている。

仙人が懐徳堂に学ぶ、若き伊左衛門の姿を見たのは、もう十年余り前になる。大坂には諸藩の蔵屋敷があって、勘定方役人がよく訪ねて来ていたが、その折に自由な学風の懐徳堂の門を叩く若者が多かった。

伊左衛門もその一人だったのだが、反骨精神が培《つちか》われたのは、その塾から少なからず影響があったに違いない。大塩平八郎と出会い、肝胆《かんたん》相照らして絆が深まったのはこの頃であろう。

「そうなのか?」

逸馬が何度問いかけても、伊左衛門と呼ばれた男は鼻で笑って、

「さあね。自分の名も忘れてしまったわい」

と惚《とぼ》けるだけで、自分が何をして来たのかも話す姿勢を見せない。仙人はあえて無理強いせずに、

「自ら話すときがくれば話す。この人はそういう人物じゃて」

と逸馬を説得するように言った。

「まあ、仙人がそこまで庇うなら、よろしかろう。しかし、葛籠の半蔵と関わりがあ

ずるなら、みすみす逃がしはせぬ。俺は、法を破る輩《やから》は、許せぬ性質《たち》でな」

毅然と険しい目になる逸馬の、あまりにも正々堂々とした姿から、伊左衛門は思わず目を逸らした。

葛籠の半蔵一味の一人が大川に土左衛門となって浮かんだのは、その翌朝のことだった。鮫次という、背中に般若の彫り物をした男である。

そのことは、すぐさま逸馬の耳にも、定町廻りから伝えられた。遺体が引き揚げられたのは本所深川の仙台堀上ノ橋。佐賀町河岸通りの自身番に赴《おもむ》いた逸馬の前で、検死をしている北町同心たちに混じり、一風堂に伊左衛門を追いつめた火盗改の黒岩も何やら調べていた。

「これは藤堂様。昨日は失礼しました……でも、厄介なことになりましたねえ。こいつは昨日の男の仲間だ。しかも、殺した疑いが、あいつにある。藤堂様が庇ったことになりはせぬかと、私はそれが心配でしてね」

探るような目で言いながら、勝ち誇った笑みを浮かべて、逸馬の顔色を窺っていた。特段、反応もせずに淡々と検死の様子を見たが、胸をグサリと一突きにされているようだ。傷の太さ深さや、切り裂き加減から見て、包丁や匕首ではなく、刀か脇差

であろうと思われたし、

――伊左衛門の匕首は、仙人が言うように、血の一滴も付着していない。

ことは逸馬も確認をしている。人を刺せば、仮に水で洗い落としても、刃文がくすむものだが、伊左衛門の匕首は指のあぶらもついていないほど真新しいものだった。

「藤堂様……」

と北町同心の原田健吾が、野次馬を掻き分けながら声をかけてきた。

まだ見習同心から、本勤並になったばかりの若手である。本勤並とは同心の役格の一番下位だった。ゆえに、やる気満々なのだが、まだ青臭い理屈ばかりが先に立って実力が伴っていない。この男も、子供の頃、一風堂で学んだらしいから、逸馬の後輩というところか。

「吟味方の与力様が出張って来るような案件じゃありませんよ。下手人さえ捕まれば、吟味になっても、どうせ自白で終わりです。定町廻りの与力、秋月様も顔を見せないほどですから」

「なに、俺は暇だから来たまでだ」

と逸馬は本音を隠して答えた。昨日の今日の事件だ。得体の知れない何かが、どこかで繋がっている気がして仕方なかった。

「昨日、私が追っていた男が何者か、ご存じですか？」

逸馬に訊いてきたのは、黒岩の方だった。

「元丹波篠山藩郡《こおり》奉行配下蔵方役人、河村伊左衛門という男なのです」

承知しているが、逸馬は初めて知って驚いたふりをした。

「もし、一風堂に逃げていたとなると、またぞろ南町の鳥居耀蔵様から睨まれることになりますな、藤堂様……もっとも火盗改方としては、知ったことじゃありませんがね」

皮肉たっぷりに言うのはこの男の癖なのか、わざとなのか、逸馬には分からないが、少なくとも悪意は感じる。それにしても、侍が盗賊の仲間になっているのは深い訳があるに違いない。

「河村伊左衛門という者は一体、何をやらかしたのだ？」

逸馬が訊くと黒岩はまた鼻先で笑って、

「おやおや。それくらいのことを私如きに尋ねられるとは……町方はタガが緩んでおられると見える。しっかりして下さい。でないと私たち下っ端が働くハリがありませぬので」

とだけ言って立ち去った。

盗賊の探索というより、まるで逸馬の動きを監視しているかのような態度だ。いずれにせよ、黒岩には、伊左衛門を渡さない方がよさそうだと感じた逸馬は、

「なんだか臭うな……探ってみるか」

と胸の裡《うち》で呟いた。

定町廻りから上がってくる懸案を吟味し、奉行に上申するだけが吟味方与力の仕事ではない。裏付けを取る探索は当然だが、逸馬の場合は、まだ事件になっていないものを掘り出す嗅覚があって、ついつい余計なことを調べ始めるのである。

――与力、相撲に町火消しの頭。

江戸ッ子が粋でいなせな男として、筆頭にあげた与力は、吟味方与力を指す。町奉行が裁決する前に、お白洲で罪人を厳しく取り調べる役職なので、その腕次第で結果が変わってくる。この段階で九分九厘、罪科が決定しているといっていい。

吟味筋とは、今でいう刑事訴訟事件である。もちろん当時に司法権の分立はない。吟味方与力には検事と裁判官の両方の権限があったから、罪人には怖い存在だった。

出入筋という民事事件と違って、誰の訴えがなくても犯罪の疑いがあるときには探索に乗り出し、強力な職権をもって〝被疑者〟を差紙《さしがみ》一枚で呼びつけて糾弾できる。場合によっては、江戸に限らず、咎人が潜んでいる藩や天領の責任者に捕縛させて

出頭させることもあるから、悪事を働いた者は吟味方与力には睨まれたくなかった。

定町廻りが何か事件があってから動くのとは違って、犯罪を未然に防いだり、水面下の事件を摘発したりするから、日頃、悪事を働いている者たちは、吟味方与力の動きに目を光らせていたという。

しかし、今般の事件では、まだ〝誰が何をした〟かを睨んだわけではない。逸馬の与力としての勘がウズウズと動いただけである。

五

河村伊左衛門のことを頑《かたく》なに話さない仙人を責めることもなく、逸馬は、武田信三郎から素姓を聞き出すことができた。

「さすがは、吟味物調役。あっという間に調べてくるなァ」

と逸馬は、いつもの『佐和膳』で信三郎を迎えて杯を傾けながら、

「この前は、おまえが来るまで待ってたら、朝までになって、パチ助の奴、何か目出度いことでもあったのか大はしゃぎでな……済まなかったな、女将」

「済まぬ、どうしても手放せぬ評定のことでな。あ、いやいや、酒はよい」

信三郎は、女たらしのような顔つきを精一杯、堅くして、

「本当だ。今宵は酒は飲まぬ」

「なんだ、おかしな奴だなあ。まあ一杯付き合え」

「いや、拙者、これからまた役所に戻って、明日に備えて調べものをせねばならぬ」

「そんなこと言う奴じゃねえだろ。熱でもあるのか？　いつも一番先にへべのレケになって泣き出すのは、おまえじゃないか」

泣き上戸《じょうご》なのである。パチ助は日頃、鬱屈した役人暮らしをしているせいか、それとも家では女房の尻に敷かれているせいか、飲むと頭の中の蝶番《ちょうつがい》が外れたように踊り出す。それに較べて、信三郎は普段、世の中を斜めに見ていて、誰彼構わず喧嘩をふっかけるくせに、突然、泣き出すことがある。蚊が死んだだけで、可哀想だと泣く。

とはいえ、普段は、人の気持ちを逆撫でする才能に長《た》けている奴だ。なのに、いつになく丁寧に身構えて、

「まだ勤めがあるから酒を飲まぬ」

というのは、逸馬にとっては、天地がひっくり返ったも同然だった。

「どうした。おまえも働き過ぎではないのか？」

「いや。拙者、そこもとは同じ釜の飯を食った仲ゆえな、今般に限り、この書類を見せて進ぜるが、今後は勘弁賜《たまわ》りたい」

「なんだよ、進ぜるだの、賜りたいだの……気色悪くてしょうがない」

「そういう書類は写すだけでも大変で、持ち出すとなると一苦労なのだ。ましてや、町方の与力絡みとなると、すぐさま渡すことはできぬ。色々と複雑な手続きを踏んで……」

「分かったよ。もういい」

逸馬は何かあるなと感じたが、必要な書類さえ手に入ればよかったから、あえて無理強いはしなかった。

「では、拙者はこれにて御免」

軽く頭を下げると、佐和にもギクシャクとした挨拶をして、逃げ出すように出て行った。店の表まで、佐和は見送ったが、一目散に寺社奉行の屋敷まで向かったようだ。

勘定奉行も寺社奉行も、拝命した旗本や大名の屋敷が役所を兼ねている。ゆえに、町奉行所に出仕するのと違って、幕臣ではなく、奉行の家臣もいるので気兼ねや気遣いが多かったから、信三郎もその影響で言葉が堅くなったのかと、逸馬は勘繰った。

「なんだか、変ねえ。信三郎さん」

「うむ。パチ助にしても、信三郎にしても、なんだか人が変わったみたいだな……ま、いいや、それぞれ勤めが大変で疲れてるんだろうよ。女将、もう一本つけて、鰤《ぶり》カマでも焼いてくれ」

逸馬は、信三郎が届けてくれた書類に目を通しながら、塩辛を舐めた。

六年程前のことである。

丹波篠山藩領内の大瀬村は激しい雨にあい、河川の決壊や山津波などによって田畑が耕作できない状況になった。収穫は半減したが、年貢は例年どおりだと郡奉行からお達しがきた。

村人は窮状を訴えたが、郡奉行の真壁十内《まかべじゅうない》は藩法を盾に、徴税を強行した。追い打ちをかけるように鉄砲水で村は半壊になり、死人までが出た。反発した村人たちは、一揆を起こさんばかりの勢いで立ち上がろうとした。

しかし、当時、村を担当していた蔵方役人だった河村伊左衛門は、村人を宥《なだ》めた。

「米は私が何とかする。だから、一揆などをして、命を無駄に落とすのはやめなさい。ここは我慢だ。下手に騒いで事を混乱させれば、それこそ酷い仕打ちが返ってくる。じっと堪えておれば、いずれ藩主様は分かってくれるはず。お慈悲にすがるのだ」

そう言い含めながらも、伊左衛門は、その夜のうちに御用蔵に忍び込み、米を数俵、運び出した。飢えている農民に分け与えた後、切腹を覚悟で、藩主に訴え出るつもりだった。先代藩主は三十二年もの長きにわたって老中を勤めた幕府の要人であり、現藩主もまた有能な政治家である。

しかし、その分、江戸在府が多かったせいで、藩政には疎かったとみえ、文化文政頃から、本岡屋村、野間村、東古佐村などで一揆や強訴《ごうそ》が頻繁に続いていた。ゆえに藩としても、百姓らへの監視を厳しくせざるを得ず、郡奉行に至ってはまさに〝強権発動〟をもって、小さな不満をも踏みつぶしていたのである。

伊左衛門はそんな中で、百姓の苦情を代弁するために、累を及ばさぬように妻とは離縁をしてまで、江戸にいる藩主へ直々に嘆願書を届けようとした。

だが、その画策を事前に知った郡奉行の真壁十内は、御用蔵の米を盗んだ咎で伊左衛門を捕らえ、処刑を決定した。御用蔵の米は藩主や藩臣の暮らし向きのみならず、村々が貧窮したときに持ち出す非常米である。それを盗むことは極刑に値した。しかし、伊左衛門を捕らえたことがかえって一揆をあおった。

「今が非常の時でなく、なんだというのだ！」

村人たちは鋤《すき》や鍬《くわ》を持ち出して、郡奉行が詰めていた陣屋を取り囲み、大騒動になったのである。大瀬村のみならず、いくつかの村からも加勢が集まり、数百人の勢いとなった。

その事実だけが、大坂城代に届き、公儀にも届いた。つまりは伊左衛門は藩役人でありながら、蔵を破った謀反人。万死に値する奸賊だという風聞だけが膨らんだ。その一揆を鎮静するために、大坂城に詰めている幕府の役人たちも、急遽、丹波篠山に向かったのである。

ところが、その混乱の中で、伊左衛門は逃亡した。後になって、大坂からの応援に混じって来た大塩平八郎が逃がしたのではないか、という話がまことしやかに語られたが、真相は不明のまま行方知れずになったのだった。

「——その伊左衛門を、何故に仙人が庇い立てしようとしたのか……その顚末を知っていて、意気に感じてのことかもしれぬが、それだけではあるまい」

焼き上がったばかりの鰤カマに箸をつけた逸馬は、はふはふと脂の乗った目の玉のまわりをつつきながら、

「どう思う、佐和さん」

と訊いてみた。女将と呼ばずに、佐和さんと呼ぶときには、ちょっとした下心があ

る。嫌らしい意味あいではない。意見を聞くときには、名を呼ぶのだ。

「私には分からないわよ」

「そう言わずに教えてくれよ。今、騒ぎになってる葛籠の半蔵と関わりあることなんだ。百姓の味方だった藩役人の伊左衛門が、盗賊の一味になんぞなってるとは……ふむ、どうにも合点がゆかねえ。佐和さんの地獄耳に届いてるものはねえかな？」

「あらら。毎日のように、私を口説きに来てくれてるのかと思ったけれど、大将の狙いはそういうこと。なんだ、つまらない」

逸馬をかわすように、佐和は微笑み返した。

佐和は元辰巳《たつみ》芸者で、北町奉行遠山金四郎《きんしろう》の若い頃の妾だったとか、名のある侠客の娘だとかいう噂の女だ。あくまでも噂で、逸馬も直《じか》に確かめたわけではない。もっとも、遠山が奉行になってからは、すっかり関わりを断っているとのことだから、

——奉行の女だったのか……。

という色眼鏡で見てはいる。あるいは密偵だったのかもしれぬ。それゆえ、色々と世間の裏事情に通じているに違いない。

とまれ、謎めいて不思議な女将であったが、客たちはその微笑に癒されるらしく、ついついポロリと色々なことを零《こぼ》すのである。

「それが私の飯のタネですから」

と佐和はふざけて言っているが、客の秘密を暴くことは一切しない。だからこそ、女将の艶やかさに本音を吐露するのであろう。

「そうかい。ま、佐和さんが何でも知ってるわけがないやな」

酒をちびちびやりながら、もう一度書類に目を通していると、常連客がぞろりと入って来た。愛想良く出迎える女将を横目に、逸馬は店の片隅に移った。

「立派な役人が、盗賊とはなあ……」

何とはなしに嫌な思いがしたが、不安が的中したように、

——伊左衛門が火盗改方に捕まった。

との報を受けたのは、佐和膳を後にして、八丁堀組屋敷に帰ってすぐのことだった。

六

伊左衛門を捕らえたのは、火盗改方同心の黒岩だが、連れて行ったのは、火附盗賊改の中嶋勘解由《なかじまかげゆ》宅ではなく、南町奉行所であった。

火盗改は武官、町奉行は文官である。本来、火盗改は侍の犯罪人を捕らえるのが使命である。もちろん、町人、百姓、無宿人を問わず強力《ごうりき》犯のみを捕らえるから、町奉行とは違う。ふつうの町人はお上に追いつめられると、

「恐れ入りやした」

と観念することが多いが、侍や無宿者となると徹底して刃向かう乱暴な輩も多い。浪人は町奉行の担当とはいえ、天領を含めて、諸国を逃げ回っている侍相手では、お手盛りで優しく対応する町方のような態度では甘い。頭から叩き割るつもりで下手人を厳しく問い詰める。

それゆえ、南町奉行の鳥居耀蔵は、日頃から差配違いの火盗改の同心にも〝コナをかけ〟て、悪党を逃さぬよう探索の罠をしかけていたのである。

「妖怪と呼ばれるだけのことはある。うちの遠山奉行とは水と油のはずだ」

と逸馬はぼやいた。

鳥居耀蔵は咎人に対して、犯した行為に相応《ふさわ》しい処罰を御定書百箇条《おさだめがき》に則ってすぐさま科するが、遠山金四郎は犯罪をしたわけを丹念に訊いて調べることによって、反省や再起の機会を促すことを心掛けていた。

たとえ死罪であろうと、深く贖罪を求めて処刑されるのと、心が腐ったまま地獄に

落とされるのとは違う。逸馬としても、遠山の考えには同感であった。これまた仙人の影響である。

逸馬はすぐさま、伊左衛門が捕らえられている数寄屋橋御門内の南町奉行所に出向いたが、牢に留めて吟味中ゆえ、引き合わせることはできないとのことだった。

「そんなバカな話があるか。探索に、南も北もない」

「ごもっともなこと」

と対応に出た南町の与力が曰《いわ》くありげな目になって、「しかし、藤堂殿だけには取り調べをさせるなと、お奉行よりのお達しがある。言わずとも、おわかりであろう。あなたは、一風堂にて、葛籠の半蔵の手下と承知の上で、塾頭の宮宅又兵衛とともに匿ったこと、すでに先刻、判明しているが」

「…………」

「つまり、咎人と深い関わりがありそうな者を、探索に加わらせるわけには参らぬ。それがお奉行の考え。おそらく北町のお奉行も同意なされよう」

「…………」

「藤堂殿も吟味方与力ならば、重々、お分かりだと思いますが？」

逸馬に返す言葉はなかった。どうして、そのことがバレたのか疑念に思っていた

が、お喋りな南町与力は、

「さすがは立派な一風堂の門下生だけのことはある。たとえ、師や兄弟子であろうと、不正は糺《ただ》す。左吉という子供が、藤堂殿が信頼できなかったのであろう。うちの方へ報せてくれた」

「左吉……」

少し斜に構えている子供の顔を、逸馬は思い浮かべた。なるほど、だから、容易に捕まったのかと納得したが、このままでは仙人も危ない。鳥居耀蔵は、仙人のことを、

――幕府を批判する危険な輩。

として、以前から虎視眈々《たんたん》と捕らえる機会を狙っていた節がある。

もちろん、幕府に逆らうつもりなど、仙人には微塵《みじん》もない。塾の教えも基本的には朱子学をもとにしている。ただ、交流している人物たちに、幕府が睨んでいる武家や学者が多いという理由による。

今般のことは捕縛する上で、格好の材料であろう。逸馬はすぐさま、一風堂に駆けて行くと、そこには信三郎と八助も来ていた。

「まずいことになったな、おい……」

八助はどうして盗賊の仲間を庇ったりしたのだと責める口調で言ったが、逸馬は言い訳はしなかった。そんな様子を、中庭から左吉も見ていたが、逸馬はあえて何も責めなかった。

「伊左衛門は、仙人を脅して人質にしていただけだ。そう言って、先生のことを庇ったようだ。やはり先生とは何か訳ありのようだが……大将、これは下手すりゃ、おまえの免職モノだぜ」

「ふむ。俺の身分なんぞ、どうでもいいが、仙人が南町に捕らえられては困る」

「ああ。それが心配でな、俺も駆けつけて来たんだがよ」

と信三郎も案じている様子だ。昨日のあの妙に格式張った物言いではなく、いつもの軟弱な雰囲気に戻っている。

「評定所では、もっぱら盗賊のことよりも、逸馬、おまえが盗賊一味隠しをしていたのではないか、ということが問題になっておる」

「もう、か？」

「どうも手筈が良すぎるのでな、てっきり、こいつのせいかと思った」

と八助の頭をコツンとやって、「パチ助のやつ、おまえが罷免になってくれりゃ、手間が省ける上に、自分も手を汚さないから、嫌な思いをせずに済む……なんて言ってやがったから、てっきりよ」

「な、な、何を言うンだよ、黄表紙ッ。違うよ、俺じゃないよ。信じてくれるよな、大将なら。そうだろ？」

「だから、何の話だ」

逸馬が不思議そうに首を傾げると、信三郎は八助をもう一度、小突いて、

「隠すな隠すな。佐和膳の女将から聞いた。おまえが、俺と大将のどっちかを……」

クビにするかを決めろと、奥右筆の大条綱照から迫られていたことを話した。二人が陽気に酔っぱらって、逸馬が眠ってしまったとき、女将につい洩らしたらしいのだ。

「あッ。女将のやろう……客の秘密は話さないはずじゃないか」

「俺たち三人のことは包み隠さず話す。それも、女将の〝心がけ〟なんだってよ」

信三郎は付け加えて八助を責めるのへ、逸馬は笑いかけた。

「ハハン、そういうことか。信三郎、おまえも人のことは言えめえ。てめえがクビにならねえよう、〝勘弁賜りたい〟だの〝拙者はこれにて御免〟だのと舌を嚙みそうに言ってやがったんだな……ハハ。俄《にわか》仕込みで態度を変えたって、上はちゃんと見てるぜ」

「なんだよ」

「ええ年こいて、調書の間に、あぶな絵を挟んで見てるってな。この前のにもあった」

「うそッ」

「嘘だよ……そんなことより、俺は仙人が守ろうとした人を断じて守りたいと思う。なぜならば、俺が仙人を信じてるからだ」

　と逸馬が真顔になって言い切ると、八助が出鼻を挫くように、

「そうは言ってもな、伊左衛門は、己がやったと認めたって話だぜ」

「町方の俺が知らぬことを、おまえがどうして……」

「知ってるかって？　言っただろ、俺のところには、町奉行、勘定奉行、寺社奉行のお偉方の側役がはりついておるのだ。聞きたくなくても耳に入ってくる」

「しかし、余りにも手際がよすぎないか？　おそらく拷問にかけられたのだろう」

「かもしれねえが、当人が吐いたのは事実だ。葛籠の半蔵の一味だってことも、仲間の鮫次を殺したのも自分だとな」

「うむ……」

「自白をしたからには、鳥居奉行のことだ。即刻、処刑にするに違いあるめえ」

「それだけは何としても阻止せねばなるまいが、仙人はこのところ体が少々弱っている。お白洲に引きずり出させるわけにもいくまい。いや、仙人のことだ。倒れてでも、伊左衛門の無罪を訴え出るだろうが、ご老体を煩《わずら》わせるまでもない。ここんところは、俺たちで事の真相を暴いてやろうじゃねえか」

逸馬が真剣な顔になると、

「大将、待ってましたッ」

と八助が弾けるような声を発した。

「だって、そうじゃないか。大将は、ガキの頃から、困った者を黙って見ちゃいられなかった。伊左衛門って奴と同じだ。腹を空かした小さい子供がいると、芋畑を掘ったり、柿や枇杷《びわ》の木から実をもぎ取って、配って歩いてた」

「おいおい。そんな話と一緒にするなよ」

「でも、そういう時は、信三郎。おまえも大好きな黄表紙を売ってまで、ホカホカの饅頭や団子を手に入れて来てたよな」

「下らぬことを覚えてやがる」

と信三郎は八助の口を止めて、「とにかく、俺は訴状調べに時をかける。ああ、知ってのとおり、死刑や遠島《おんとう》はいくら町奉行でも一人じゃ裁けない。評定所で決定した上で、老中が認めねばならない。だから、その評定所で判断がつきかねるよう、俺が訴状をうまいこと曖昧にしておくから、その間に大将……鮫次殺しの本当の下手人を探し出すンだな」

「うむ」

「そうすりゃ、少なくとも自白は間違ってたことになる。探索は北町に移ることになるだろうよ。その上で……」

「分かってるよ。葛籠の半蔵もとっ捕まえれば、すべて解決するってことだ」

逸馬が大きく頷くのへ、信三郎もすべてを承知したように微笑して、

「俺も、仙人を信じてるからよ」

と言い添えた。八助もなぜか嬉しそうに納得した顔で、

「そうそう。こうして俺たちは、なんやかやとまとまって、色々と戦って来たんだ。で、俺は何をすればいいんだ？」

「ンだな……どっちを罷免したらいいか、よく見てろ」

ウッと詰まる八助を見て、バカ笑いをする逸馬と信三郎たちの姿を、離れ部屋から仙人こと宮宅又兵衛は深い皺の奥の目でじっと眺めていた。

七

鮫次殺しの下手人を見つけるのに、さほど時はかからなかった。

信三郎は丸々二日、評定を遅らせたが、それを不審に思った鳥居が取次役の不手際を厳しく詰問して、強引に裁決に導こうとした矢先のことだ。

「藤堂様！　怪しい浪人を捕縛して来ました。どうぞ、お調べを！」

原田健吾が転がり込むように、吟味方与力の詰所に報せに来たとき、逸馬も既に葛籠の半蔵と関わりがあると思われる女を一人、お縄にしていた。仲間との連絡係に使われていただけの者だが、浪人が葛籠一味と繋がっていたことを証言した。浪人は必死に否定をしたが、

「他にも証はあるぞ」

と逸馬は浪人を詮議所に連れて来て、厳しい取り調べを始めた。浪人はかなり長年にわたって貧乏暮らしを余儀なくされたのであろう。俄に持ち慣れない金を手にしたものだから、遊女屋でドンチャン騒ぎをしていて、つい、

——人を殺《あや》めて手に入れた金。

だと口を滑らせた。それが冗談とは思えなかった遊女から知らせを受けた原田が駆けつけて捕らえてみれば、般若の鮫次殺しの疑いが浮かんだのである。

「駒形の富造、千住の兼八、葛西の文吉……みな、葛籠の半蔵の息がかかっている盗人《ぬすっと》ということじゃないか。知らぬ顔をしても裏は取ってる。こいつらは三人が三人とも、小伝馬町に送られていることは承知しておろう。奴らは親分の半蔵に裏切られて、三尺高い所に行くことになったのだ。半蔵とはそういう奴だ。義理立てすることはねえぞ」

浪人は沢本孝之助という元は御家人だったらしいが、その株まで売って、用心棒稼業をしていた。しかし剣術の腕も大したことはなく、身を持ち崩していたのである。そういう者が心の隙を突かれて、取り返しのつかぬ悪事に足を引きずり込まれることはよくあることだ。

「おまえが鮫次を殺したんだな？　葛籠の半蔵に頼まれて殺したのだとしたら、正直に話せば罪一等減じてやってもいいんだ。ああ、俺の吟味次第で、上の心証は変わるからな」

「しょ、承知しました……でも、私は本当に頼まれただけで、本当に……殺《や》らないと、私の方が……」

死罪になるのを恐れたのであろう。沢本という浪人は懸命にすがるように自白した。しかし、沢本の口から発せられたのは、意外な人物の名前だった。

「私に近づいて来て、鮫次という遊び人……いや、後で葛籠の半蔵の一味だと知ったのだが、そいつを殺せと命じたのは、黒岩という火盗改方同心です」

「なんだと!? 言うに事欠いて、いい加減なことを言うと承知しねえぞ」

「ほ、本当だ。もちろん、頼まれた時は身分なんぞ分からない。さる公儀の筋とは言っていたが、鮫次は生きていてもしょうがないダニみたいな男だから、消せ。報酬をくれた上に、仕官口を探してやるなどと唆《そそのか》すものだから……嫌だと断れば、話を聞いたのだから殺すと脅されて」

「その話に嘘はないな」

「はい。武士に二言はありません」

その言葉も近頃は安っぽくなったと逸馬は思いながらも、沢本の話をもとに黒岩を審問したが、知らぬ存ぜぬだった。

直に沢本が対面をして、黒岩に頼まれたと言い張っても、

「藤堂様も焼きが回りましたな。己が不祥事を隠すために、ありもしない事をでっちあげて、私を陥れるおつもりか。そこな痩せ浪人が鮫次を殺したと言うのなら、そや

つを処刑にすれば済む話。それを、私が命じたなどとは、噴飯《ふんぱん》モノとはこういうことを言うのですな」

と白を切るばかりだ。黒岩からすれば、こういうことも想定して、沢本のような胡散臭《うさんくさ》い浪人を利用したのやもしれぬ。

逸馬の詮議の仕方にも問題ありと、吟味は再び評定所に、河村伊左衛門の一件とともに持ち込まれそうになったが、八助が意外な事実を摑んできた。

鮫次が殺されたと思われる日に、伊左衛門はある賭場で、馴染み客らと一緒に遊んでいた。その後は、黒岩に追われて、仙人の寺子屋にいたから、鮫次殺しはしていないことになる。

「パチ助。おまえもたまには役に立つな」

逸馬は賭場で裏を取ったが、案の定、違法なことをしている輩の証言などあてになるかと、黒岩からは反発がきた。

しかし、少なくとも鮫次殺しの嫌疑は薄くなったから、一旦、町方の手からも離れた。その身柄は、逸馬が後見することを条件に、仙人のもとに預けられた。

伊左衛門を捕らえて下手人に仕立て上げ、処刑しようとした黒岩の裏には何かある。浪人の証言どおり、黒岩が鮫次殺しを命じたとすれば、

――黒岩自身が、葛籠の半蔵と関わっている。

ことも考えられる。逸馬は吟味方の同心と隠密廻りにも協力をさせて、黒岩の身辺を詳細に調べさせた。

だが、当の伊左衛門は何も深く語らず、

「まったく、どいつもこいつも余計なことばかり……俺はバッサリ斬られて死にたいんだよ。ああ、それが相応《ふさわ》しい男だ」

などと自棄ぎみに居直るだけだった。そんな態度に、逸馬は諭すように尋ねる。

「あんたのために、みんなが色々と動いているのだぞ」

「ふん。誰も頼んでおらぬ」

「何度か会っただけの仙人も、心配してるじゃないか。まっとうな役人だったからと信じてのことだ。どうして、そんなに自暴自棄になるのだ？ 御用米を盗んだのは、暮らしに困った農民を救うためのものだったのであろう。たとえ藩法を破る行いだったとはいえ、正しいことではないか」

どうして、そのことを知っているのか、伊左衛門は不思議そうな顔になったが、身元が分かれば過去の罪科もバレて当然であろうと思ったのか、自嘲気味に笑って、

「いっそのこと、あの時、切腹でもしておればよかったのだ。そうすれば、領民のた

めにお上に楯突いた義士として、崇《あが》め奉られたかもしれぬ」

「崇め奉られるためにやったのか？　そうではあるまい。藩のやり方に義憤を感じたはずだ。だからこそ、大塩平八郎も、あんたを密かに助け出したのではないのか」

「大塩様を……？」

知っているのかと向けた顔が、ほんの少しだけ信頼の色で煌《きら》めいた。だが、大塩を懐かしむ表情もすぐに消え、元のどんよりとした目に戻って、

「大塩様に助けられたのは、私にとっては決して幸せなことじゃなかった。余計なことを……離縁した妻までも私のところに連れて来て、一緒に逃がしてくれた。ええ、そりゃ、その時は嬉しかった。なんとか生き抜いて、藩の追手の届かぬところで暮らしていこうという儚《はかな》い夢も抱いた……でもそれは本当に儚い夢で終わってしまった。妻は逃亡暮らしに疲れて、前々から患っていた心の臓が悪化して……」

死んでしまったという声は消え、伊左衛門は涙を飲み込んで奥歯を噛みしめていた。そのため一人残った伊左衛門は、酒と博打で悲しみをごまかしているうちに、いつしか自堕落な暮らしに陥っていった。

しばらくは大坂や堺で人足などをしながらうろついていたが、行く所もなくなり、国へ帰ったものの、やはり逃亡者扱い。百姓たちも、藩からの締め付けが厳しくなっ

たのであろう、伊左衛門の恩など忘れて、領主に従順におとなしく暮らしていた。それどころか、

「もう関わらないでくれ。あんたと口をきいただけで、下手すりゃクビが飛ぶ。誰かが郡奉行に知らせる前に、姿をくらました方が身のためだ」

と庄屋にすら、見捨てられた。

「俺は誰のために、何のために、米蔵を破ったのだろうな……そんなやるせない思いをしに帰っただけだった。弱い百姓たちのせいじゃないが、余計なことをしなきゃ、ずっと郡奉行の下で役人暮らしができていた。女房も死ぬことはなかった。そう思うと己を呪ったよ。あてもなく旅から旅……そんなときに出会ったのが、葛籠の半蔵という盗賊だったんだ」

葛籠の半蔵は、東海道の宿場という宿場を荒らす盗賊として、その名を知られていたが、その顔を見た者は誰一人いない。葛籠に入るくらいの金品しか盗まないという噂で、根こそぎ盗めたとしても、蔵の半分は残しておくということから、その名がある。もちろん、人を殺さず、女を犯さず、という〝まっとうな〟盗賊の矜持《きょうじ》をもっていた。

「その割には、先日の押し込みでは二人も死んでるが？」

「だから、それについては……」

知らぬと伊左衛門は答えて、話を戻した。

伊左衛門は掛川宿のはずれで、怪我をして倒れていた老人を助けたのだが、それが半蔵だったのだ。そうとは知らず、ただの人なつっこい年寄りに見えたから、身の上話をしたら、気持ちを理解してくれて、仲間として快く受け入れてくれた。

「あんた……葛籠の半蔵の一味だ、ってのは本当のことだったのか？」

逸馬が残念そうな顔になると、伊左衛門はやはり自嘲気味な笑みを浮かべたままで、

「どうせ世の中は、正直者がバカを見るようにできている。それならいっそ、小利口に生きていこうと思ったのさ。誰のためでもない。自分の思うがまま、好き勝手にな」

まるで世間を逆恨みして、そのために盗賊に成り下がった言い草だ。

「それが本音なら、亡くなった奥方はあまりにも可哀想だし、あんたを逃がした大塩さんも立つ瀬があるまい」

「その大塩様ですら、民百姓のために騒動を起こして命を落とした……しかし、世の中は何も変わっちゃいない。とどのつまりは犬死にじゃないか」

と伊左衛門は吐き出すような溜息をついて、「俺は今にして思うがね、百姓をいたぶるお上は悪いが、泣き寝入りをしたり、てめえでは何もできねえくせに、人を頼ったり、面倒なことを人におしつけてる奴はもっと悪い。そう思ってる」

「ずいぶん、穿《うが》った見方だな」

とは言いつつ、逸馬は、伊左衛門の心の片隅には、善の種が残っていると感じていた。逆恨みをしているからである。根っからの悪党になれば、そんな感情も捨て去り、過去も捨ててしまい、目先の欲のことばかりを気にして、どんな悪事を働くかを考えているものだ。

「いたぶられた百姓が悪いなんざ、そんな心得違いはない。いや、本当はそんなこと、思ってもいないはずだ。盗賊になったのは、ひょっとして、甘い汁を吸っている奴から金品を巻き上げたいという、義賊の気分に浸りたかったからじゃないのか？」

「ふん。そんな綺麗事で盗人が務まるものか」

「ああ、そうだろうよ。綺麗事で……善人ぶった格好だけで、大塩さんがおまえを助けたりするものか」

「…………」

「おぬしへの処刑は理不尽だ。そう思ったから、法を破ってまで、おまえの思いに報いようとしたんじゃないのか。にもかかわらず、おまえは我が身を不遇と嘆くのか？」

「………」

「今、分かった気がするよ。大塩さんが、焼き討ち事件を起こしたのは、もしかしたら、おまえの気概に触発されたからじゃないかとな」

伊左衛門は思ってもみなかったことを言われて、淡々と語る逸馬の顔を不思議そうに見つめていた。

「まだ隠していることがあるのではないか、葛籠の半蔵のことでな。だからこそ、伊左衛門……おまえは追われていたのではないか？　鮫次を殺せと命じたのは、黒岩かもしれぬのだ。あの火盗改だ」

「まさか……」

一瞬、驚いたような顔になったが、伊左衛門は目を逸らして、頑なに口を閉ざした。

「ひとすくいの米……それで百姓を救ったときのおぬしの心に戻れ。それが、おぬし自身の心を救うことにもなるのではないか」

逸馬は穏やかにそう言った。

同じ部屋の片隅で、仙人はやはり情け深い顔で、伊左衛門の様子を眺めていた。そして、ぽつりとしゃがれ声を洩らした。

「わしは見ていた……懐徳堂の片隅で、あんたと大塩が、夜が更けるのも忘れて、どうやって町人や百姓が平穏に暮らせるかとか、幕府や藩にはびこっている利権絡みの偉い役人と豪商との癒着をどうやって剝がすかなどを、真剣に話してるのをな」

「………」

「大塩が命懸けで助けたあんたを、わしは救いたかっただけじゃ……わしゃ、ただ……それだけじゃ」

伊左衛門は返事もせずに、俯いたまま聞いていたが、わずかに瞼《まぶた》が潤んだ。きらりと聞こえたのは、涙の音だった。


その夜――。

八丁堀は逸馬の拝領屋敷に、信三郎と八助が来ていた。

二百俵取りの町方与力は、同心の組屋敷とは違う冠木門《かぶきもん》で、小砂利が敷かれて続く玄関は式台付である。もっとも、二百俵くらいの武士なら長屋門だが、町方は不浄の役職ゆえに冠木門だった。八助は旗本だから、その門構えの違いを、

「うちは長屋門だぞ」

と自慢をしても、二人の御家人からは、

「おまえが門を作ったわけじゃないだろう。代々、旗本の家に生まれただけのことじゃないか。つまらんことを言うな」

とコケにされるのが落ちだった。そんな冗談を言うこともなく、今宵の大将はいつになく真面目な顔つきで、

「俺の調べでも、どうやら、あの火盗改同心の黒岩は、葛籠の半蔵と繋がっている」

「一味というのかい？」

八助が訊くのへ、信三郎が答えた。

「それどころじゃない。黒岩が裏で操ってることは間違いない。そのことを知られたからこそ、鮫次を殺し、伊左衛門も……」

「どうする、信三郎、八助。証がねえからって、このまま放っておいていいのかねえ」

と逸馬は腕組みして唸って、「伊左衛門のように、藩の掟を破ってまで百姓を救おうとした役人もいりゃ、泥棒を生業《なりわい》にしている公儀役人もいる」

「だが、伊左衛門だって同じ穴のムジナに成り下がったじゃないか」

八助がそう反論すると、逸馬はまっすぐ通った鼻筋を撫でながら、

「でも根っから腐ってるわけじゃねえぜ……ま、知らぬ顔をしてるのも結構だが、それじゃ、俺たちが仙人の教えを守ってねえことになりゃしないか？」

「仙人の教え、ねえ」

「世の中のためになる人間になれ……俺たち役人は、人の役に立つって意味だ。なのに、こんな役人たちにのさばられちゃ、同じ立場の者として寝覚めが悪い」

「俺もそう思う」

信三郎も当然のように頷いて、「〝大坂天満の真ん中で、馬から逆さに落ちたとさ。こんな弱い武士見たことない〟……そんなざれ歌で、大坂町奉行・跡部《あとべ》良弼《よしすけ》のことを町人たちはからかった。俺たちゃ、そんな役人になりたくないからな」

跡部良弼とは、大塩平八郎の折の上役で、老中水野忠邦の弟である。

権力を笠に着て威張るのが役人ではない。権力や権威は、名もなき庶民の味方をするためにある。のさばる悪党を潰すためにある。

「そうは思わねえか？」

逸馬が二人に静かに同意を求めたが、八助の方は腰を浮かせて、

「ま、時と場合によるな……俺の立場としちゃ、なんというか……遠慮しとく。う

む、なんたって旗本だしな、長屋門だしな。悪い。じゃ、先、帰るから」

と逃げ出すように立ち去った。

「ふん。変わンねえな。三つ子の魂百まで、ってか？」

逸馬と信三郎は顔を見合わせて笑った。

八

牛込御門内、火盗改、中嶋勘解由の屋敷を、逸馬が訪れたのは、翌日の暮れ六つ（午後六時）のことだった。町方の吟味方与力が赴くことは珍しいことではない。しかし、今回は、

――葛籠《つづら》の半蔵のことで火急の用がある。

と前触れの使いもなく来たので、勘解由自身も、すわッ何事かと緊張した。ただでさえ、盗賊一味を逃がしてばかりいた状況である。遠山奉行からも「町方と連携して働いて貰いたい」と話をされた矢先だったからだ。

「ならば勘解由様、話が早い。実は……」

と逸馬は話を切り出した。

「今宵丑三つ（午前二時）、葛籠の半蔵が、日本橋の『升乃屋』という油問屋を襲うという報せが、私のもとに入って来たのです」

「日本橋の？」

「ええ。先日、押し込んだ両替商の裏手になります。掘割からすぐに大川、そして江戸前に逃げ出すことができます。恐らく逃げ道も熟知しているのでしょうな。探索の裏をかく恐れを知らぬ輩です。もちろん、町方でも手の者を出しておりますが、必ずや捕縛に出役《でやく》下され」

廊下に控えていた同心の黒岩が怪訝な声で、勘解由に許しを得てから、逸馬にいくつかの問いかけをした。

「その報せは何処から仕入れたのです？　私たち火盗改で隈無《くまな》く探索を重ねておっても、そのようなことは全く耳にしませぬが」

「武田信三郎と、奥右筆仕置係の毛利八助から持ち込まれたことだ」

「これはまた面妖な……そのいずれの役職も盗賊探索とは関わりない勤め。どうしてか私には合点がゆきませぬな」

「そんなことはない。取次役、仕置係、いずれも犯罪の判例を扱う部署なれば、裏の裏まで知悉《ちしつ》している。吟味方与力の私なんぞより、よほど詳しいですぞ」

と逸馬は訳ありげな笑みを浮かべて、勘解由に向き直った。

「実は中嶋様……葛籠の半蔵の正体が誰かも、その二人は摑んでいる由《よし》。必ずや捕えて下され。そのために、町方はネズミ一匹逃さぬよう、万全を尽くして張り込んでおりますれば」

逸馬はそう言うと深々と一礼をして、早速、自分も待機すると立ち去った。

途端、勘解由の表情が硬くなった。

「黒岩。おまえ、何か粗相でもしたのか」

「そんなことは、ありませぬ」

答える黒岩にも緊張が走った。

「いずれにせよ、町方の吟味方与力が直々に、盗賊が襲う場所を報せに来たのだ。こちらとしても兵を出さねば示しがつくまい」

「はあ、しかし……」

「構わぬ。こちらはこちらの探索の仕方があり、考えもある。ここは町方の言い分に乗ってやれ。どうせ奴らは……」

勘解由は不気味に笑うと、すぐさま与力、同心の他、足軽や中間《ちゅうげん》も集めて、盗賊捕縛に向かうために、武具を揃えて打ち出る準備を始めた。しかし、黒岩だけは、いつまでも訝っていた。

——伊左衛門がすべてを話したのか。話せば、自分も死罪だ。話すわけがない。いや、死なばもろともと思ったのやも……。

不信感を抱きつつ、黒岩も仰々しい捕物出役の格好で、他の与力、同心とともに、葛籠の半蔵が現れるという刻限に、油問屋『升乃屋』に出向いた。


月はなく、晩夏にしても川風が肌寒い夜だった。

火盗改の中嶋勘解由、そして黒岩たちとともに、逸馬ら町方の者も店内で、番頭や手代に扮して張り込んでいた。店の者には、予《あらかじ》め逸馬が直々に話をして、身を安全な所へ匿っている。

時だけが刻々と過ぎるが、一向に盗賊が現れる気配はない。行灯《あんどん》も消し、寝静まった様子を装っているにも拘わらず、賊が来る様子は微塵もなかった。

「どうやら、偽りのネタだったようですな、藤堂様」

黒岩が痺れを切らしたように言うと、逸馬は淡々と、

「いや。そろそろ来る頃だがな……船着場の方へ出てみよう」

そう確信めいて言って、勝手口から黒岩を連れ出したとき、足音も立てずに黒装束

の一団が宵闇に紛れて現れ、すぐ側の船着場の猪牙舟《ちょきぶね》に乗り込んだ。縄で縛った千両箱を二つ、四人がかりで担いでいる。

驚いて見やる黒岩の背中を押すように、

「ほらね」

と逸馬が声をかけるやいなや、すぐさま黒装束の男が近づいて来た。そして、

「手筈どおり、うまくいきやした、お頭」

声を低めて、黒岩の前で頭を下げた。

凝然《ぎょうぜん》と見下ろす黒岩を、黒装束は怪訝に見上げて、

「お頭……？」

二の句が継げない黒岩に、その背後からすうっと逸馬が出て来て、

「これは、どういうことだ、黒岩ッ」

と声を張り上げた。

同時に、路地や物陰に潜んでいた町方同心や捕方、町方中間や岡っ引、さらに火盗改方の役人たちが、御用提灯を掲げてズラリと現れ、数人の黒装束一味を取り囲んで、いかにも大捕物になりそうな緊迫感が走った。

見回している黒装束の頭目格が怒鳴った。

「はめやがったな、黒岩ア！」

「ま、待て……違う。これは何かの……」

言いかけてハッと口をつぐんだ。

「何かの、間違いだってのかい？」

と逸馬は笑みを浮かべて、黒岩の肩を叩いた。

「なるほどな。てめえが〝お頭〟とは驚き桃の木山椒の木だぜ」

「――！」

「おい。火盗改のお頭つきとは、鯛より豪勢じゃねえか。もはや言い訳はなるまい。観念して、綺麗サッパリ、お白洲で話すんだな。ああ、俺がきちんと聞いてやる。事と次第じゃ、罪一等減じて、〝獄門〟から〝磔《はりつけ》〟に申請してやってもいいぜ」

「だ、黙れ！」

黒岩は刀を抜き払いざま、逆上して逸馬を斬ろうとした。その腕をガッと摑んだ逸馬が、肘を捻り刀を落とすと、黒装束たちは右往左往しながら逃げようとした。

すぐさま近くで見ていた信三郎が槍を構えて、賊の足を薙ぎ払いながら、

「おいおい。逃げると穂先の餌食になるぞ。しばらく暴れてないから、血に飢えてるのだ。どうする？」

と脅しても、捕まれば死罪だ。一味は必死に猪牙舟に飛び乗って逃げようとするが、その舟は船着場に固定されていて、櫓《ろ》も動かない。掘割に飛び込む者、刃物を向けて捕方を斬りつけてくる者など、それぞれが大暴れをするが、バサッと頭から油桶を被せられた。

黒装束たちは目が開けられず、ぬるぬると滑りながら、その場で倒れた者や、掘割から上がろうとする者を、捕方たちが懸命に取り押さえて、一味をすべて縄にかけた。

油をかけたのは、八助だった。

「ここは、油問屋だからね、いくらでもあるよ」

「来てたか、パチ助」

逸馬が笑うと、信三郎も槍を掲《かか》げて、

「ガキの頃から、いつもそうだ。遅れて追いかけて来やがる」

「来ないと、後で何を言われるか分からないからな」

捕縛された葛籠の半蔵一味を前にして、ヌッと中嶋勘解由が立ちはだかった。

「黒岩！　貴様が盗賊と通じていたとは、わしの不明であった！　江戸を騒がせし不逞の輩めが、覚悟せい！　この火盗改がきつく取り調べて、獄門台に送ってやる！」

「中嶋様、あなたもね」

逸馬が言うと、勘解由は明らかに不快の顔で振り返った。

「何を申すッ。聞き捨てならぬぞ」

「捨てなくて、結構。ちゃんと耳に入れて下さいね」

と乗り出したのは八助である。

「葛籠の半蔵は、もう一年も前に、あなたと黒岩が捕らえて殺している。その半蔵になりかわって、子分たちに盗みをさせ、火盗改の立場を使って逃がしていた……そのことを中嶋様……あなたも承知の上で、黒岩に命じていたのでしょ？　盗んだ金の半分を懐《ふところ》してたとは、半蔵よりタチが悪い。ま、これ、奥右筆に届けるまでもなく、御役御免ですな」

「何を証拠にそのような！」

「お白洲にて、黒岩もそこの黒装束たちも話すでしょう。こちらには、伊左衛門という証人もおりますれば……」

「伊左衛門……？」

今度は、逸馬が答えた。

「ああ。奴は元々は、正義の士。本当に世話になった半蔵が死んで後、妙な塩梅《あんばい》になったと、密かに調べていたそうだ……仙人に説得されてな、繋ぎ役の女とともに、この〝捕り物〟に一枚噛んでもらった。ああ、お察しのとおり、葛籠一味に偽の繋ぎをつけて貰って、他の店を本当に襲わせたのだ。もちろん、その店の者は、他に移して、盗みやすくさせておいてな」

「下らぬ！　バカを言うな！　わしは先手頭《さきて》千五百石の旗本ぞ！　貴様らみたいな町方ふぜいに……！」

と言いかけたが、逸馬は問答無用で、

「葛籠の半蔵の首謀者だ。引っ捕らえろ！」

と強引に取り押さえさせた。

「放せ！　わしを誰だと思うておる！」

「往生際が悪いぞッ」

逸馬が一喝して、額を手刀で打ちつけると、勘解由は膝から崩れた。

その直後——評定所では、北町奉行の遠山によって、評議は進行し、臨席した老中、若年寄、大目付らの前で、中嶋勘解由は罪を認めた。黒岩以下の者が、滔々《とうとう》と本当のことを自白したからである。

それを受けて、八助は、奥右筆筆頭の大条綱照に、お伺いを立てていた。

「藤堂逸馬と武田信三郎。この二人は、今般の事件解決の立て役者でございます。されば、どちらかを罷免にせよとのこと、私には難しゅうございます。あ、いえ……決して、友だから庇うわけではございませぬ。どちらが辞めても、幕府にとっては大いなる損失かと存じまする」

「さようか……ならば、毛利。おまえに辞めて貰うしかあるまい」

「ハッ!? わ、私、毛利源之丞八助めは、全身全霊、御公儀のため……」

「分かっておる。冗談じゃ」

とニコリともせず言って、「そうよのう。今、しばらく考慮してみよ。今般のことで、何人かは辞職せざるを得ぬ者が出たゆえな、どちらを処分するか、改めて篤と考えてみるがよい」

「ハハア!」

と八助は平伏した。首の皮一枚繋がった思いで、思わず深い溜息を洩らした。

そのような気遣いをしているとは露知らず、逸馬と信三郎は、パチ助のことを、

――いつまで経っても鈍くさい奴だ。

と悪口を言いながら、一風堂に集まって、寺子屋の行く末を考えていた。少し病状

が回復したのか、仙人もいつものように陽気な笑顔に戻って、

「ひとすくいの米……で百姓を救った時の心に戻れ。逸馬のその言葉で、伊左衛門は、もう一度、人生をやり直す決心がついたそうじゃ」

と嬉しそうに続けた。

「裏で何があったか知らぬが、江戸十里四方所払いにして、故郷近くの天領に追いやった遠山様の采配、感服した。役人はやはり、ああでなくてはのう……いや、待てよ……」

仙人は訝しげに逸馬と信三郎を見て、「ひょっとして、おまえたち、何か悪さをしたのではないか？」

「いいえ。全然」と逸馬。

「いや、何かした顔だ。子供の頃から、そうじゃった。悪さはいかん、悪さは」

そう言いながら実に愉快そうに笑った。

すると、薄汚れた山門の下を潜ってくる、日傘の女がいた。艶やかな桔梗《ききょう》柄の着物に、派手な紋様の帯を締めている。

「おっ。具合のよさそうな姐《ねえ》さんだ」

と喉を鳴らして、信三郎は腰を浮かせた。

「ごめん下さい。この寺子屋で、読み書き算盤の指南役を求めていると、そこの札に書かれてるのを見て来ました」

日傘をたたむと、晴れやかな明るい丸顔の娘だった。年の頃はまだ二十歳前であろうか。口元のえくぼが可愛い。信三郎はすぐさま近づくと、

「さ、どうぞ、どうぞ」

とさりげなく腰に手を回して、縁側に招いた。すっかり鼻の下が伸びている。

「おいおい。いい年なんだから、そんな顔で若い娘を見るな。だらしのない……」

逸馬はそう諭しながらも、自分の鼻の下も伸びているのに気づいた。

おだやかな晩夏の陽射しの午後だった。

第二話　泥に咲く花

一

日に日に、仙人の顔色がよくなったのは、女先生が来てからである。

名は、茜《あかね》という。

仙人から見れば、孫のような娘だが、まるで迷い込んで来た子犬か子猫のように可愛がっている。

事情を聞けば、二親を失って、信州馬籠《まごめ》から江戸の親戚をあてにして出て来たのだが、その親戚も体を悪くして病床に伏してしまった。なんとか自立せねばと思っていたところ、『一風堂』の案内を見たということだった。

仙人は勉学を教えるのはよいが、小さな子供たちと遊ぶとすぐ疲れるので、教え子たちと年が違わない茜は、丁度よかった。しかも、仙人の簡単な試問に対して、すらすらと答えた上、自分なりの寺子屋に対する信念もあるようだった。

――寺子屋は生きる知恵を学ぶ所。

というのが茜の考えで、読み書き算盤《そろばん》は当たり前だが、人と人との規律正しい暮しの中で、お互いに思いやりのある優しい心を育《はぐく》みたいというのが願いだった。

元来、儒者である仙人こと宮宅又兵衛だが、朱子学のように自分の理性で欲を抑えることだけを良しとはしなかった。

「嬉しいことは素直に喜び、悲しいことを慈しむ心を持て」

というのが教えで、論語の素読などにおいても、意味の解釈よりも、世間に出たらどう役立つかということを、実利として教えていたので、むしろ陽明学のような発想だった。

茜も生来の素直さがあるのか、子供たちが、

――お日様みたいだ。

と言うくらいに、いつも明るい笑顔を絶やさない娘で、口元に出来るえくぼは、周りの者の心を安らがせた。事実、子供たちの親たちも寺子屋に足を運ぶようになった。仙人は偉すぎて近づきがたかったということなのであろうが、何れにしろ、花が

咲いたような『一風堂』には今日も晴れやかな笑いが響いていた。

茜が教鞭を執るようになってから、藤堂逸馬、武田信三郎、毛利源之丞八助の三人も、ちょくちょく顔を出すようになった。もちろん、狙いは茜であったが、娘ほどの年であるから、色恋の相手ではなかった。

「おまえたち、よほどの事でもない限り、なかなか顔を出さなかったくせに、茜ちゃんが来たからだな、この三バカ奉行が」

と仙人も軽口を叩く。一番、嬉しそうにしているのは、仙人である。

「茜、ちゃん？」

逸馬は、仙人が、ちゃん付けして呼ぶのを笑ってから、

「実は、先生。この『一風堂』に、北町奉行所から、わずかばかりですが援助が出ます。いずれ、この八助の口利きで、奥右筆を通じて、公儀からも援助が出るかもしれませぬが、とりあえずは北町からの微々たるもので、ご勘弁下さい」

「いや、ありがたい。やはり持つべきものは、有能な弟子じゃのう」

「奉行所から……？」

と茜が少し怪訝な顔をした。逸馬は前々から、台所は火の車だと話して、この寺子屋を出た者たちから、寄附を集めていたと説明をした。

「もっとも北町からと言っても、これは遠山様の心付けみたいなものですから、官許とは参りませぬが、いずれ仙人、いや先生。昌平坂学問所よりも優秀な塾にしては如何ですか」

「そんなことには、まるっきり興味はない。それより、心豊かな子供たちに育って貰いたい。親を思い、友を思い、人を思う。そして、よりよい国を作る人となるようにな」

人は国、国は人——仙人は、佳《よ》い人間が集まれば自ずと良い国になるという理想を抱いている。青臭いと言えばそれまでだが、穢《けが》れた現実ばかりを子供たちに見せつけている教育には、ほとほと嫌気がさしていたのだろう。

「私、宮宅先生のそういうところが好きです。一生勉強。教えるって、二度学ぶことと言いますよね。私、頑張ります」

茜は爽やかな笑みを零《こぼ》したが、逸馬は少しだけ腑に落ちない気がした。何が悪いというわけではない。ただ、どうして、この寺子屋に迷い込んで来たのか、という素朴な疑問が脳裡をよぎっただけである。

そんな考えが浮かんだのを察したように、信三郎は茜の側に寄りながら、

「大将。仕事の癖ってのは抜けねえものだな。ここに来た時くれえ、泥棒でも見るみ

てえな目になるのはやめろよ」

　そう言いながらも、隙あらば、茜の尻を触ろうとしている手つきである。茜の方が先に察して、そっと離れるのを見やって、逸馬は素直に尋ねた。

「馬籠のご両親は何をしていたのだ？」

「はい。問屋場《といやば》をやりながら、本陣、脇本陣などの世話もする宿場名主でした。その傍ら、寺子屋の真似事も」

　問屋場といえば、旅人の通行手形や荷物貫目《かんめ》改めをする重要な仕事である。地元の名士で、宿場役人にも信頼されている人物しかなれない。馬籠の宿場名主が誰か知らないが、そのような由緒正しい家の者が、二親を亡くしたとはいえ、単身で風来坊のように江戸に来たことに、逸馬は少しばかり疑念を抱いた。

「それそれ、その顔……」

　と、また信三郎は逸馬を非難するような目になって、

「茜ちゃん」

「おい。おまえまで、ちゃん付けかよ」

「いいじゃねえか、可愛いンだから。こんな野暮な町方なんざ捨て置いて、今度、一緒に……そうだな、浅草にでも遊びに行って、芝居見物でもするか。おじさん、これ

でも江戸中が庭みたいなものでな、色々と面白い所を知ってるんだ。町方の堅物とは違うぞ」

「はい。いつかお願いします」

「いいねえ、素直だ」

「でも、今は、先生について一生懸命勉強です。私のような者を拾ってくれた先生に、まずは恩返しのつもりで、自分で言うのもなんですが、一人前の先生になりたいんです。それが……」

と言いかけて俄《にわか》に唇を噛みしめると、しばらく沈黙したままで、茜はじっと目を閉じた。何か突き上げてくるものがあるのか、しっかりと結ばれた帯の上あたりが、窮屈そうに動くのが分かる。

「それが……亡くなった父や母に対する供養だと信じてます。だって、父も本当は宿場名主の仕事を終えて隠居したら、寺子屋で子供たちに読み書きを教えることを、楽しみにしていたんです」

茜はそう言うと、つうっと一筋の涙を瞳から流した。

「そうだったのかね」

仙人は実に愛おしそうな目で見つめると、

「私のことを、祖父《じい》さんとでも父さんとでも思うてくれるがよい。それで、茜ちゃんの気持ちが少しでも癒されるのならな」

仙人は、この寺子屋に、茜と同じような境遇の子供たちが多いのは、偶然ではないような気がしてきた。この娘は来るべくして来たのかもしれない。そして、その辛い思いがあったからこそ、子供たちの本音を理解し、真心をもって教え育んでくれるかもしれないと期待していた。

三人にも、すぐに馴染んだ茜だが、

——どことなく摑みがたい娘だな。

と逸馬は感じていた。とまれ、仙人が元気になったことは、逸馬にとっても安心できて嬉しいことだ。

茜と同じ年頃の、しかも同じような仕事をしていた女が殺されたのは、その数日後のことだった。

二

女の遺体が見つかったのは、鳥越明神に程近い、『逆さ長屋』という裏店《うらだな》だった。

一番奥が斬殺された女の住んでいた部屋で、土間に転がり落ちるような格好で倒れていた。

『逆さ長屋』の由来は、屋根瓦が逆さに塡め込まれているとか、吊した鰯の干物が頭を下になっているからとか言われていたが、本当は元々、裕福だった者が貧乏人になって住んでいることから、その通称がついた。

かといって悲惨な状況の人々が多いわけではない。むしろ、金や地位に縛られずに、別な生き方ができるようになったと、毎日を明るく暮らしている者たちばかりであった。

そんな平穏な長屋で、血生臭い事件が起こったのである。北町奉行所の指揮によって探索は進められたが、町場の一人の貧しい女が殺されただけだからか、哀れにも下手人探しは遅々として進まなかった。

しかし、こんな平凡な事件でも、瓦版を少し賑わしたのは、殺された女が〝鳥越小町〟と呼ばれた美形であったことと、近在の子供を集め、読み書き算盤を教えていて、とても評判がよくて、優しくて賢い〝女先生〟として知られていたからである。

「可哀想にねえ……ほんの半年ばかり前に、お父さんが亡くなったばかりなのに。娘さんを猫っかわいがりに可愛がっていたから、極楽に呼ばれてしまったのかねえ」

というのが長屋の住人たちの噂だった。

父親はどこか小さな藩を辞めてから浪人暮らしだったが、江戸の水が合ったのか、この長屋には十年余り住んでいた。しかし、若い頃に労咳を患ったことがあるらしく、体は丈夫とは言えなかった。医者にかかっていたのだが、病には勝てず、最期は大変な状態で亡くなったという。

特に誰かと揉めていたという話もないし、奉行所の探索から浮かび上がった怪しい者もいなかった。

女先生こと、佐織《さおり》は常に子供に対して温かい目を向けていた。もちろん、他人様に怨まれるようなことがあるわけがない、というのがもっぱらの評判だった。ゆえに、教え子だけではなく、その親や近所の人々も心から同情していたのである。

藤堂逸馬がこの事件に引っかかったのは、女先生が教えた中から、図抜けて優れた子が何人か、仙人の寺子屋に移っていたからである。

ぶらりと『逆さ長屋』に来た逸馬に、長屋の人々は、

「早く下手人を挙げてくれ。でねえと、あまりにも可哀想だ」

と訴えかけてきた。

逸馬は吟味方与力であるから、直接、探索をしているわけではないが、定町廻り方

に意見すれば当然、影響があった。

同行していた見習から本勤並になったばかりの原田健吾は、一人でこの事件を任されていた。中堅どころの上役同心は、他の事件で手一杯なのだ。同心は南北奉行所それぞれ百二十人しかいない。その数で、江戸府内すべての行政と治安にあたっている。その中でも殺しや盗賊の探索にあたっているのは、北町だけで二十数人しかいない。定町廻り同心のように、常任の犯罪担当となるとますます数が少なく、当然、岡っ引や下っ引を使わざるを得ない。

健吾には、紋蔵という熟練の岡っ引がついていたが、今般の事件は誰が見ても、安易な殺しに他ならなかった。

「部屋を荒らされて金品を取られた節がないこと、何度も背中や胸を刺されていることなどから、怨みによる殺しと思われます」

と健吾は、逸馬に言った。

「しかし、女先生に怨みを持つ人など、いねえってのが長屋の人たちの話だがな」

「でも、藤堂様。近頃は、片恋して、思い詰めて殺すって輩も増えてますからねえ」

紋蔵がそう答えると、健吾も同調したように頷いてから、怪しい人物を拾い集めているところだと言った。

「片恋ねえ……」

逸馬はどうも釈然としないと唸りながら、土間を見ていて、それが単なる直感ではないことに気づいた。

「見てみろ」

と逸馬が、佐織が倒れていた土間を指すと、健吾は何を言いたいのか分からないという顔を向けた。

「女先生……佐織は背中や胸に何度も刺された痕があったと言ったな」

「はい。十六ヵ所もありました」

「それだけ刺されたにしては、血の跡が少ないとは思わないか?」

「そう言われれば……」

「怨みであれ、何であれ、下手人がここまで来て殺したのであれば、土間だけじゃない。この壁や障子にも、もっと血が付いていて当たり前だろうし、暴れる音や悲鳴のひとつくらい隣近所の者が聞いていてもよさそうだ」

「そうですよねえ」

「人は悶死するとき、髪を掻きむしったり、手当たり次第に物を摑んで傷つけたりもするが、その痕跡もない。死体の爪の隙間なんぞも、きちんと調べたのだろうな」

「はい。それは、もう……」

健吾が曖昧に答えたので、逸馬はきちんと忠告をしてから、検死をやり直した方がいいと勧めた。それと、女の持ち物もだ。

「持ち物？」

また、健吾が首を傾げるのへ、

「さっき、おまえは物盗りではないと断じたが、盗みを働く奴が狙うのは金目のものばかりとは限らぬぞ。人に知られては困るものを奪いたいがために殺すことだって、世の中には多々あるではないか」

と逸馬は言いながら、下駄や草履を手にとって見ていたが、ふいに赤い鼻緒の下駄を掲《かか》げて見せた。

「これは？」

「は？」

「片方しかないが……もう片方は家の中にあるかないか、確かめたか？」

健吾はまったく黙ってしまった。探索の〝いろは〟ができていないことに、自分で気づいて落ち込んだのだ。

「しょぼくれた顔をしないで、きちんと調べ直してみることだな。紋蔵……おまえみたいな曲者《くせもの》がついてるんだから、ちゃんと面倒を見てやれ。わざと、この若い旦那に下手《へた》を踏ませたいわけじゃあるまい？」

「曲者だなんて、勘弁して下さいよ」

と紋蔵は口の端をゆがめて、定町廻りの与力から預かっている十手の先をちょんとついてから、はしょった着物を帯に挟み直して、表戸や裏口に残っている雪駄の跡を指した。

「殺しがあった前の晩は、雨が少し降っていたせいで、地面がぬかるんでいやした。ですから、このように足跡が幾つか残ってやす」

「そのようだな」

「実は、もう長屋の者の履き物かどうか調べ直してやす。もし違えば他の誰かが来たという証《あかし》になりやすが……藤堂の旦那の話からすると、まるで下手人は他の何処かで、女先生を殺してから、ここへ運んだとでも言いたげですね」

「長屋の裏手はすぐ掘割だ。しかも、ここは木戸口を通らなくても、裏手の厠《かわや》の脇から入ることができる。調べてみても損はしないと思うがな」

「へえ。そうさせて貰いやす」

紋蔵は少しばかり嬉しそうな顔になった。根っから捕り物が好きだというふうにポンと十手で膝を叩くと、健吾を誘って探索に飛び出して行った。

「しかし、一体、誰が……」

大概の殺しというものには、目に見えない影みたいなものがあって、被害を受けた人間の周りには何かしら不穏な雰囲気が漂っているものである。しかし、まったく匂いすらないことに、むしろ逸馬は疑念を抱いていた。

佐織と特に親しくしていたのは、長屋の中では、おしのという大工の娘だった。年頃が同じで、時折、一緒に芝居を観に行ったり、買い物を楽しんでいた。もちろん、年頃の娘だから、恋や男の話もするが、特別な男の影はなかったという。

「武家娘らしく、佐織さんは本当に几帳面な方で、普段から何事にもきちんとしていました。ご覧のように……」

と、おしのは部屋の中を案内しながら、「着物や手拭いなどは元より、墨や筆、紙などの文具から、化粧道具や髪飾りに至るまで、あるべき所に置いてある人なんです。私なんか、がさつですから、散らかしっぱなしなので、佐織さんは目に余って片づけてくれるくらいでして」

「あるべき所にある……」

下駄が片方ないということが、ますます引っかかった逸馬だが、おしのはそれよりも、小間物入れから、一本の櫛がなくなっていると言った。何の変哲もない柘植《つげ》の櫛だが、母親の形見だからと大切にしていたものだったという。

「柘植の櫛がない……？」

「はい。片隅には、小さな梅の花の紋様をあしらってありました。佐織さんが生まれたのが、梅の時節で、母親は佐織さんのために作らせたらしいんです」

母親はもう十年以上も前に、流行病《はやりやまい》で亡くなっているということだから、父親が脱藩する前のことであろう。その父親もまた病で亡くなったことに触れると、おしのは無念そうに、

「本当に悔しかったと思います」

と、まるで自分の事のように話した。

「お金さえあれば……いつも、そう言ってました。お金さえあれば、よい薬や手術もして貰える。母親も結局は、お金で苦労をし、ろくな薬をも与えられずに死んだ。それでも、精一杯、看病をすることはできたが、父親は見捨てられたのだ……と」

「見捨てられた？」

「佐織さんのお父上は、ある有名なお医者様に診て貰ったのですが、やはり、お金がないために……」

「そうか。医は仁術というのは遠い昔の話。昨今は、医は算術というからな」

人は誰かが困っている時には、なかなか手助けをしないくせに、後になってから、情けをかけるものだ。それほどに人は身勝手なものだが、自分のことで精一杯な人々に、親切を強要するのも無理な話だ。

そのために、小石川養生所のような幕府の施設や援助金を貰った官許の診療所などがあるのだが、それらも明日をも知れぬ患者で一杯だから、思うようにならなかったのかもしれぬ。

逸馬は自分がその立場なら、勘定奉行に申しつけてでも、病に罹《かか》っている者や年寄りの負担にならぬように、公儀の金を使うのになあと考えていた。

三

小石川の御薬園から、ほんの一町ばかりの武家地に、医師桂庵の屋敷はあった。立派な長屋門で、旗本屋敷と見紛うほどであった。それもそのはずで、ここは寺社奉行本多備中守の下屋敷だったものを、借りているからである。桂庵は、いずれ将軍の脈を取る御典医になるであろうと目されている医師である。文字通り敷居が高く、一般の町人には縁のない名医だった。

長崎で蘭学を学んだ桂庵は、はじめは学者として修練を積んでいたらしいが、町場で苦しんでいる子供を助けたことから、

――医学とは学問であってはならない。実践しなければ、医学の意味がない。

と思い立ち、学者としての立身出世を捨ててまで、野に下って医術を施してきた。

しかし、病というものは、叩いても叩いても、また新たな病や患者が出て来て、終わることなく診療は続く。いわゆる対症療法にも限界があると感じた桂庵は、長年の経験の中で培ったものを、体系的に整理して、

――医学とは、病を治すことだけが仕事ではなくて、病に罹らぬようにするのが、重大な使命である。

と蘭方医として様々な手術を行うと同時に、病に罹らぬようにするための、今でいう〝予防医学〟を提唱した。そんな桂庵の評判は、いつしか大名や旗本、豪商らに伝わり、莫大な金を払ってでも診療して貰おうという者も出てきた。

逸馬が知り得た世間の評判は、その程度であったが、屋敷を訪ねて行ったときにも、まるで人気の料理屋のように行列ができていた。

この桂庵が、佐織の父親の最期を診たという医者である。

突然の町方与力の来訪に、桂庵は改めて来るようにと門前払いをした。しかし、逸馬は、殺しの探索に来たので、緊急の患者がいない限りは話を聞きたいと申し述べた。そして、手があくまで待つからと、二刻《ふたとき》（四時間）程待った。

その間、患者はどれほど目の前を通ったであろうか。ほんの一言二言を交わすだけで出て来る患者もいた。こんなことで、きちんと診察ができるのかと、逸馬は不思議に思っていたが、ほとんどは薬を受け取りに来るだけの者で、顔色などをパッと見れば分かる名医だというのだ。

すると、奥から、しょんぼりと項垂《うなだ》れた毛利八助が出て来た。待っていた逸馬の姿をみるなり、

「なんだ。大将も桂庵先生にかかって診て貰ってるのか？」

と問いかけてきた。

「いや。探索のことで、ちょっとな。それより、パチ助、顔色がすぐれないが、どこか悪いのか？」

「分からぬ……分からぬから、もどかしいのだ。明日、また来ることになった」

「この前、『一風堂』で会った時には、そんなこと一言も言ってなかったではないか。どこが悪いのだ」

「どうも、このところ、腹の具合がよくないと思ってたらな、桂庵先生の話では、胃の腑に小さな腫れ物が出来ているというのだ。とりあえず薬を貰ったが、恐らく切り取らねばならぬらしい」

「本当か？」

「ああ……困った……俺に万が一のことがあれば、女房と六人の子供たちが路頭に迷うことになる。幾ら、旗本とはいえ、当主がいなくなれば役料はなくなるし、息子が元服するまで苦労させることになる」

「おまえはそうやって、ガキの頃から、すぐ悪い方に悪い方に考えるからいかん。この先生は名医なのであろう？　治して貰えばいいではないか」

「でもなあ……」

「案ずるな。おまえに何かあったら、俺と信三郎で面倒見てやる」

逸馬がそう言うと、今度は人が病で死ぬと決めつけやがってと、ぶんむくれてみせる八助であった。

「丁度よい、俺はもうかなり待っているのだが、先生はなかなか会ってくれぬのだ。おまえから口添えしてくれぬか」

桂庵はあまり気乗りがしない様子だったが、患者の我が儘を聞くのも医者の務めのひとつなのであろう。それに、八助は結構、金払いのいい〝上物〟の患者と見える。

すぐさま、診察室に通してくれた。

蘭方医らしく、人体の解剖図やオランダ語の書物、鉗子や刃物など様々な医療器具などが並ぶ中に、桂庵はいた。いかにも身分の高い医者らしく、恰幅がよく口髭も似合っている傑物といった感じで、人を穏やかにするというより、威圧する雰囲気であった。

「忙しい身なのでな、簡潔に要件を済ませて貰いたい」

逸馬は改めて、ゆっくり訪ねてもよいと言いかけたが、

「町方なんぞに、うろちょろされる謂れはないが、長引くとかえって迷惑だから、答えられることは答えるから話しなさい」

と桂庵は言った。武士に対して、随分と横柄な態度である。やはり、近々、将軍の御典医になろうかという人だから、鼻が高くなっているのであろうか。

「先程から見ていると、脈どころか、顔も見ないで、手元の書類だけを見て患者と話しているようだが、そんなことで分かるのか？」

「………」

「実は私の母方の叔父は、武家でありながら、医者をしておりましてな、もう亡くな

ったが、顔色やら声の調子、皮膚の艶や舌の塩梅、脈や腹などに触れた感じを見ないと、なかなか分からぬと言っておったが」

「何の話をしに来たのだ？　おまえ様と医学談義をしたいとは思わぬが」

「ちょっと失礼」

と逸馬は、桂庵の手を握った。思わず手を引いた桂庵は、無礼なことをするなと言いたげに睨んだが、

「いや、冷たい手ですな。この手で患者に触れるのならば可哀想だ。なに、叔父はつねに自分の手が火傷《やけど》するのではないかというくらい、火鉢で手をあぶってから、患者の肌に触ったと言っていたのを思い出したもので」

「――用件を聞こう。ないなら、他に患者が待っているのだ。帰ってくれ」

わずかに気色《けしき》ばんだ桂庵に、逸馬は申し訳ないと謝って、すぐに本題に入ると言ったものの、少しだけ間を置いた。吟味方与力の逸馬が人から真実を聞き出すときによく使う手で、まったく違う観点から近づき、相手がなんだと身構えたときに、いきなり核心に触れるのである。

「逆さ長屋の佐織という娘が殺されましてな。心当たりがないかと」

「知りませぬな」

「おや？　まだ、どこの誰兵衛とも、きちんと言っていないのに、どうしてあっさりと答えるのです」

「……………」

「普通なら、聞いて知らない名なら、その名自体に、誰だと疑問を感じるし、逆さ長屋のことも知りたくなるのでは？」

「知らぬから知らぬと言ったまで。その佐織とやらが、私と関わりあるのか」

「ええ。佐織さんの父上は、元常陸松澤藩の藩士で、あなたには一度、診察を受けているはずですが」

「一度？」

「ええ。たった一度です」

「そんな、一度くらい診た患者を一々、覚えておるものか」

「私の叔父は一度でも診た者は、終生、覚えていると言っておりました。それに、あなたが診たのは、この診療所ではない。神田佐久間河岸の路上でのことだから、覚えていると思うのですが」

「さあな……」

「しかも、寒い雪の日で、喀血して倒れて道が真っ赤に染まったのですから、忘れるわけがないでしょう」

「……………」

「覚えておりませぬか？」

逸馬は覗き込むように桂庵の顔色を見ていたが、特段に変化はなく、

「ああ、あの時のか……」

と桂庵は思い出したように頷いて、「あの時の者が何処の誰兵衛だかは、私はまったく知らぬし、患者というよりは、通りすがりに診ただけだ」

「たしかに、通りすがりだったけれども、その老侍はその直ぐ後に亡くなった。そのことで、娘の佐織から、しつこく、あれこれと責められていたのではありませんか？」

「言っている意味がよく分からないが」

と言いながらも、今度は、桂庵は余裕の笑みを浮かべて席を立った。逸馬が言わんとする意図を察したようだった。

「佐織は、あなたの所に来ては、どうして助けてくれなかったのか、と何度も泣き叫んだそうですね」

おしのから聞いたことを、逸馬は掻《か》い摘《つま》んで語った。

佐織の父親は、内職で作っていた提灯を取引先に渡しに行った帰り、突然、喀血を

して倒れた。そこに折しも往診の途中の桂庵が行き会ったのであった。もちろん、駕籠の中の桂庵からは、外の様子は見えないが、佐織が助けを求めて駆け寄った。扉を開けた桂庵は、目の前で血を吐いて倒れている佐織の父親を見たものの、さして驚きもせず、

「邪魔だ。どきなさい」

とだけ言って先を急いだ。だが、その場には他に誰も人はおらず、佐織は必死に頼んだのだが、まったく無視されて見捨てられたのである。しかも、医者にである。その後、桂庵だと知った佐織は、一言だけでもいいから謝って欲しいと何度か訪ねたが、自分のせいではないと突っ返した。

「医者としてあるまじき所業だったとは思いませぬか？」

逸馬がそう尋ねても、桂庵はまったく動じない顔で、

「こっちも急ぎの用事があったのだ。逆恨みもいいところだ」

「逆恨み？」

「そうではないか。父親が死んだのは、まるで私のせいのように言って来たのだからな。時々いるのだ。そうした、人の迷惑を顧みずに、言いがかりをつけてくる輩が」

「言いがかりかねえ」

と逸馬は呆れたように吐息をつけたが、それ以上責めないで、「その佐織という娘が何者かによって殺されたのだ。思い当たる節はないか？」

「ない」

「そうか……だったら話を聞いても無駄だな」

「初めから無駄だと分かっていることだ」

桂庵は人を小馬鹿にしたように見た。医者のものとは思えぬ、どんよりとして冷ややかな目だ。

「もうひとつ、叔父が言っていたことを思い出した。泥に咲く花……医者というのは、常に底なし沼のような泥の中で死力を尽くしている。しかし、その努力が、ようやく真っ白な花となって蓮のように咲くことがある。人の笑顔のことだ。医者は泥の中にいてもいいが、人には花を咲かせたい。叔父はそう言っていたがな」

「——下らぬ」

憮然と言い放つ桂庵の顔を、瞼の裏に刻む込むようにじっと見てから、逸馬は屋敷を後にした。何とも言えぬ苦々しい思いが胸の中で膨らんでいた。

四

その夜遅く、八丁堀にある逸馬の組屋敷まで、健吾と紋蔵が訪ねて来た。かつて、法泉寺、願成寺、長応寺を公収して拝領した屋敷だからか、夜更けになるとどことなく寂しい闇が広がる。

逸馬の屋敷は三百坪あるが、一人暮らしの上に、供の者なども数人しか置いていないので、静かなものだった。その分、やたらに立派な屋敷に見える。いつもは同心や岡っ引は自由に出入りさせている。

「どうした。何か新しいことでも、分かったのかい？」

と逸馬が訊くと、健吾が話す前に、紋蔵の方が口を開いた。

「へえ。佐織って女には、男の影がないどころか、言い交わした男がいたんです」

「許嫁《いいなずけ》かい」

「きちんと結納を交わしてはいやせんが、お互い、行く末は誓っていたそうです」

「で、相手は」

「忠吉《ちゅうきち》という薬種問屋の手代です」

「薬種問屋？」

医者に薬種問屋か、と逸馬は何とも言えぬ苛立ちを感じていた。

「へえ、忠吉の奉公先は日本橋通南一丁目にある嵯峨屋《さがや》というお店です」

「嵯峨屋か……」

「ご存じで？」

「つい先頃、公儀御用達になったばかりじゃないか。これまた妙なところで繋がりがあったものだな」

「と申しますと」

「まだ、調べてないのか？　桂庵が仕入れている薬種問屋は、この嵯峨屋なんだよ。それがために儲けたんだろうな」

「桂庵？」

健吾も不思議そうに首を傾げたが、まだその医者のことは話してなかったから、手短に説明をしてから、忠吉という手代の話を篤と聞いた。

「しかしね、旦那。行く末を誓ったと言っても、佐織さんは死んだわけですから、きちっと裏が取れるわけじゃないんです。忠吉当人が言ってるだけのことですから」

「そうなのか？」

「へえ。しかも、その忠吉というのは、奉公は長いし、年だけは食ってて、ガキが一人いるんです。幸平という六つの男の子ですがね、これが佐織さんの〝寺子屋〟に通ってたんですよ」

「教え子の父親《てておや》ってわけか」

「そうです。手代の分際で子供を持ってるのもなんですが、まあ、主人が許していたんでしょうな」

「その忠吉とやらが怪しいのか？」

逸馬が急《せ》かすように訊くと、健吾がここぞとばかりに力を入れて、

「そうなんですよ、藤堂様。なにしろ、この忠吉ってやろうは、佐織に惚れたらしく、一緒になってくれと願い出たが、本当のところはキッパリと断られたらしいんです」

「だったら、許嫁というより、まさに片想いじゃないか」

「そこが、曖昧なところなんですがね」

と今度はまた紋蔵がもどかしそうに口を挟んで、「ガキの幸平は、佐織さんに、母親と思うくらいに懐いていたみたいでして、時々、忠吉を交えて三人で遊びに出かけ《か》ていたらしいんですよ。飛鳥山《あすかやま》や向島のような近場だけじゃなくて、大山《おおやま》参りとか上

総《ずさ》の方とかもね」

「病の父親を置いてかい」

「そういうことですね。でも、佐織さんの父親も、忠吉の人柄についちゃ、認めていたようですぜ」

たしかに父親も生前、一緒に飯を食べたりしたことがあって、幸平も馴染んでいたのを近所の者たちは知っていた。しかし、それを男の影とは思わなかったのは、周りの者たちには、親戚の者と偽っていたからだ。なぜならば、他の子供たちの親御さんたちに余計な詮索をされたくなかったからである。

しかし、忠吉の方は熱心に口説いていたようで、恋心は募っていくばかりであった。それでも、佐織は首を縦に振らない。だから、激しい口論になったのも、町内の何人かに見られていた。

「ですから、忠吉の身の回りをじっくり調べてみたんですがね、佐織さんが殺された刻限……おそらく、見つかった前の晩なんですがね、何処にいたかハッキリしねえんですよ。おまけに、鳥越明神辺りで商いをしている与茂平という二八蕎麦屋が、忠吉らしき男の姿を見てるんです」

と紋蔵は、忠吉が佐織を訪ねて来て殺したと断言したげな口調で言った。しかし、二八蕎麦屋が見たと言っても、前夜は雨だし、暗い中で、顔まではっきり見ることができまい。その証言を鵜呑みにすることはできないが、調べ直してみる必要はあろう。

「だが、そうなりゃ、あっちはどうなる」

逸馬が不満そうに唸るのへ、健吾はポカンとした顔で、

「あっち？」

「履き物だよ。それに……あるべき所に、ある物がないんだ」

と逸馬は、佐織の下駄の話もしたが、紋蔵は少しばかり不満な顔になって、

「旦那、あっしらが調べたことが、まったく役に立たないって言うんですかい？」

「そうは言ってない」

「でも、そうじゃありやせんか。あくまでも、ほかの所で殺されて、長屋まで運んできたという考えに、旦那は拘《こだわ》り過ぎてるンじゃありやせんか？」

「櫛もないのだ」

「――櫛？」

「ああ。出かける時には、いつも頭に挿している櫛があってな、母親の形見というものが。それが部屋にないということは、どこぞへ出かけていたということだ。しか

も、検死をしたのなら分かるであろうが、死んでいた時に着ていた小袖は縮緬で、とても普段に着るものではなかろう」

「そうでやすかねえ……腐っても鯛。逆さ長屋に住んではいても、お武家様のお姫様ですからねえ。身なりはきちんとしていたんじゃ？」

「では、櫛は」

「どこぞ、箪笥の裏にでも落ちているかもしれやせんでしょ。あっしが、もう一度、よく探して見ますよ」

紋蔵は面倒臭そうに言った。その態度には棘《とげ》があって、妙な胸騒ぎすら覚えたが、逸馬はあえて何も言わずに、

「ああ、頼む」

とだけ言って、話を戻した。紋蔵は、忠吉という薬種問屋の手代が、片想いした佐織に手をかけたと言いたいのである。その証を見つけさえすればよいのだと、何か物を探すと同時に、自身番に引っ張って、問い詰めるべきだと、健吾に訴えた。

「藤堂様、如何したものでしょうか」

「おいおい。少しはてめえの頭で考えてみな。いくら熟練の紋蔵がついてるからって、何から何まであてにしてちゃ、見えるものまで見えなくなってしまうぞ」

「見えるものが見えなくなるとは？」

「いいから、勝手にしろ」

与力に叱られたと思った健吾は、すぐさま紋蔵に命じて、忠吉を縛らせた。

もちろん、岡っ引が勝手に縄をかけることはできない。同心の指示がなければならないが、下手人が逃げそうであるとか、緊急を要する場合は、〝その限りにあらず〟と予《あらかじ》め決められている。しかも、捕縛する訳も言わなくてよいのだ。それほどに、お上の権力は強かったのだが、余程の悪党でもない限り、抗うことも少なかった。ましてや、自分が何かしておれば、観念したものである。

忠吉も、素直に従って、最寄りの自身番に連れて来られたものの、健吾と紋蔵の取り調べに対しては、

「佐織さんに恋心を抱いていたのは事実だが、殺したりしておりません」

とだけ言って、後は一切、口をつぐんでいた。長年、手代頭を務めているだけあって、性根は据わっているようである。

「そこまで意地を張るなら、忠吉。こっちも腹を据えて調べるからよ」

紋蔵は誰にも見せたことのないような鋭い目で、忠吉を睨みつけた。

五

一方、逸馬は、評判の桂庵に手術をして貰ったという商人たちを、何人か訪ねていた。人柄や医師としてのありようを聞きたいのもあるが、桂庵の事件当夜の居所を確認するためでもあった。

「ああ……その雨の日なら、私の寮へ来て下さってましたよ」

と南八丁堀大富町の呉服問屋『加賀屋』の主人・玉右衛門が話すのを聞いて、逸馬は身を乗り出して詳細を尋ねた。

「寮は、どこにあるんだね？」

「根津でございます」

「だとしたら、鳥越神社には随分とかかるな」

「は？」

「いや、こっちの話だ。桂庵先生は随分と沢山、蘭方医学の手術とやらをしているそうだが、実際のところどうなんだ？」

「どう、と申しますと」

「ちゃんと治ってるのか？」

「ええ、そりゃ、もう……桂庵先生は神様みたいなお方です」

と信心深そうな目で、桂庵の優しい人柄や思いやりのある態度を懸命に話してから、いかにして自分を助けてくれたかを滔々《とうとう》と話した。その話に嘘はなさそうだったが、逸馬が気になったのは、その手術の内容とかかる費用のことだった。

加賀屋は話しにくそうに口を濁したが、それは桂庵の悪口ではなく、自分が金で命を買ったという、どこかに後ろめたさがあったからであろう。それほどに手術費は高く、かなりの金持ちしか受けることはできないという。

「おまえさんは、何処が悪かったんだい？」

「胃の腑でございます……そこに、悪い腫れ物ができていたのです」

八助と同じだと、逸馬は思った。

「それを手術で取ったのかい」

「そうです」

当時、麻酔をかけてから体を開き、腫瘍を取り除く手術はかなりの危険を伴うので、施すことは希《まれ》であった。いくら高度な医術であっても、一か八かの賭のような面も否めなかった。しかし、桂庵は将軍からも信頼されているような名医であり、庶民が目にするようなこともない阿蘭陀《オランダ》渡りの医療器具が揃っている。

　金さえ積めば、難しい手術ができるというものではないが、桂庵はそれでも信頼されていたのは、幾多の症例に臨み、それぞれを完治させてきた実績があるからだろう。

「そうは言っても、腹を切るなんざ怖いだろう。俺は御免だな」

　逸馬が実に痛そうに顔を顰めると、

「それはお侍様だからではございませんか」

と揶揄《やゆ》するように微笑を洩らしてから、「先生の話では、手遅れのものには当然、手術はしないそうです。でも、先生はまだ腫れ物が小さいうちなら、いくらでも治すことができるとおっしゃるのです」

「小さいうちに？　そんな事が分かるのか、大きいとか小さいとか」

「はい。お腹をさすったり、かなり強い力で押したりしながら、様子を見て、治るものなら、早めに取り出すそうです」

　半信半疑で聞いている逸馬に、まるで桂庵の代弁でもするかのように、加賀屋は目を輝かせたまま続けた。

「しかも、ご覧下さい」

加賀屋は切られた傷を見せてから、「かような小さな傷で済んだのでございます。あのまま放っておいたら、取り返しのつかないことになったとか」

「大きくなるということか」

「そうです。ですから、逆に言えば、明らかに病でありながら、桂庵先生が手術をしないと決めた患者は、残酷な言い方ですが、余命は幾ばくもないということなのでしょう」

逸馬はそれでもすべてを信じることはできなかった。叔父の話によると、病の度合いというのは触診だけでは分からないからである。しかし、神からの啓示を受けるような特殊な才覚があるならば、あるいはできない事ではないのかもしれない。

「それにしても、いくらかかったのだ」

「私は五百両払いました」

「そんなに?」

「でも、命が助かるなら、儲けものでございます。これから、いくらでも取り返すことができるのですから」

「しかしな……」

「私は恥を忍んで言っているのです。その思いもお察し下さい。でも、もっと莫大なお金を払った人もいると聞いております。他人様のことをとやかく言うつもりはありませんが、私は女房子供のためにも、それで済んだのですから、安いものだと思っております」

逸馬は苦いものが胸の中に広がったが、金で命を拾った加賀屋を責める気には到底なれなかった。ただ、本当に手術にそれほどの金が必要なのか、法外な値で命を弄んでいるのではないか、という思いが脳裡の片隅に留っていた。

それでも、桂庵の診療所には患者が絶えない。

——はやり医者、一人殺すと、二人増え。

という川柳がある。流行の医者に診て貰っても死んだのだから、寿命であったのだろうと諦めがつく。だから、患者も増えるというくらいの意味であろう。桂庵も名医だから、最後の綱として頼られていたのだ。

とはいえ、加賀屋のような患者は、何十人もいるのだ。莫大な金をためこんでどうするつもりなのか。人間一人、寝起きするには一畳あれば足り、贅沢をしても無尽蔵に金を使えるわけではあるまい。与力の逸馬から見ても、一体、何に使っているのか不思議なくらいであった。

それだけ稼いでおきながら、雪の道に喀血して倒れた者を助けなかった桂庵という男を、逸馬はどうしても許せなかった。佐織は父親のことゆえ、もっと苦しんだに違いない。

「そういや……桂庵は、佐織のことを逆恨みとか、しつこいとか言ってたが、やはり二人の間に何かあったのかもしれぬな」

逸馬は呟くと、懐手をして歩きはじめた。夜風が沁みる時節になったということか。

再び訪れた逸馬に対して、桂庵は露骨に嫌な顔をした。だが、また折よく、八助が診察をして貰いに訪れていて、深刻な顔をしているので、

「どうした、パチ助。そんなに具合が悪いのか?」

と構わず診察室に入ると、背中を撫でてやった。小さい頃から、八助は何かひとつ事がひっかかると気に病む癖がある。この世の終わりかという顔になる。まさに、天が落ちて来るのではないかと心配する〝杞憂〟である。しかし、概《おおむ》ね、つまらぬ誤解が元であった。

八助はまずいところを見られたというふうに落ち着かない様子で、

「そうなのだ。参った……でも、先生に頼んだから、何とかなる。ああ、なんとか、

してくれるに違いない」

「桂庵。こいつは、そんなに悪いのか？」

と逸馬が尋ねると、八助が恐縮したように、

「バカ。呼び捨てにする奴があるか。先生は上様の脈を診る御仁で……」

「そんなことはどうでもよい。どうなのだ、どこがどう悪いのか話してくれ」

桂庵は訝った目になって、八助との関わりを探ったが、単に仲の良い寺子屋仲間では、肉親とは違うから話すわけにはいかないと言った。

「だが、俺たちは兄弟も同じだ。そうだろ、パチ助。もしもの事があったら、お互い力の限り助け合うのは当然な間柄だ。それとも、俺に話せぬほど酷い病なのか？」

「ふむ……」

深い溜息をついた桂庵は、しばらく逸馬と八助の顔を見比べていたが、

「さほど信頼し合っているのならば、特別にお話ししよう」

と勿体つけるように襟を正して続けた。

「毛利様の胃の腑の下の方には、親指の先くらいの大きさの腫れ物ができておる。胸の痛みと吐き気が止まないのは、そのせいなのじゃ。放っておけば三月《みつき》もすれば、今の倍に膨らみ、さらに三月すれば、拳くらいの大きさになるであろう」

「そんなに!?」

さすがに逸馬も驚いた。

「そうなると、手の施しようもない。今のうちなら、なんとか切除できる。なに、臓器というものは切ったところで、しぜんに治るものなのだ」

確信に満ちた桂庵の言葉に、益々、項垂《うなだ》れる八助を見ていて、逸馬は申し訳なかったという気持ちと同時に、不安に陥れられた痛みを感じた。鳩尾《みぞおち》にドスンと落ちた鉛のような重みが収斂《しゅうれん》してきて、

——ならば、切り取るしかあるまい。

という焦った気持ちに囚われた。この思いこそが、逸馬の忌み嫌ったことなのだ。

先刻、話を聞いた加賀屋も、同じような不安と焦燥感に駆られたに違いない。だからこそ、五百両という金をポンと出したのだ。

「で、桂庵……パチ助の手術をするとなると、どれほどかかるのだ」

「そうですな。五十両もあれば、なんとかできるかと思うがな」

「たった五十両?」

逸馬が意外な目を向けると、八助は憮然とした顔で、

「た、たったとは何だ。俺は恥を忍んで言うが、家の中から精一杯掻き集めて来たの

だぞ。ああ、足りなければ、何処かで借金をしてでも、今のうちに、先生に手術を施して貰うつもりだ」

と狼狽したように喚《わめ》いた。それを制した逸馬は、きりっとした目を桂庵に向けて、

「これは面妖な。呉服問屋の加賀屋からは、五百両も取ったものが、八助だとその十分の一で済むのか」

八助は何のことか分からず茫然としていたが、桂庵はほんの僅かだが目が泳いで、咳払いをすると、

「それは、病の悪さ、重さが違うからだ」

「加賀屋も同じようなことを言われたと話していたが？」

「素人には分からぬことだ」

「そうではなかろう。相手の足元を見て、値を決めているのではないか？」

「だとしたら何だ？」

「その差は何処から出るのだ。同じ命の重さではないか」

「同じ命……？」

桂庵は嘲笑《あざわら》うように唇をゆがめて、「綺麗事を言うでない。病に軽重があるように、人の命にも軽重があるのだ」

「なんだと？」

「ならば、与力殿。あなたは将軍様と、自分とどちらの命が大切だ」

「むろん、自分だ」

「ならば、将軍の命が狙われた時、なんとする。身を挺して、お守りするのが、家臣の務めではないのかな？　そういう侍がおるからこそ、我々、町人も安心して暮らしていけておるのだ」

「話をすり替えるな。命に重さなどない。あるなら計ってみせよ。ほれ、そこに秤《はかり》があるぞ」

「私は医者だ。いくら与力とはいえ、人の命のことを軽々しく持ち出して欲しくない」

と桂庵は相手を懸命に言い負かそうと語気を強めて、「私の手術代は手術の難しさに応じているだけのことだ。私は常に患者を助けたい一心で、手術を施しておるのだ。それが分からぬのか！」

八助は俄に興奮した桂庵の姿を見て啞然としていたが、逸馬はその性質《たち》も見抜いていたのか、しばらく睨むように視線を返してから、

「ならば、佐織という女の父親も、その場で助けるべきであったな」

「だから、あれは他に火急の用が……」

「分かった。もう言い訳はよい。パチ助、五十両、返して貰え」

「え？」

「こんな藪医者にかかることはない。俺がもっといい医者を教えてやるから、さっさと返して貰わないと、家中から掻き集めた大金をどぶに捨てることになるぞ」

「お、おい、大将。それは……」

言い過ぎであろうと、八助は不安な顔になったが、逸馬は半ば強引に金を取り返して、桂庵の屋敷を後にした。

六

小料理屋『佐和膳』に立ち寄った逸馬は、呼び出していた武田信三郎と共に、奥の小上がりで八助に説教をしていた。

「いいか。これから何かあれば、俺たちに先に話せ、いいな」

と信三郎も、逸馬と同じようなことを言って、手術を避けさせようとした。

「でもよ、俺……二人に迷惑をかけたくなかったんだ。余計な心配させたくないと」

「それが余計な心配だと言うんだ」

信三郎はそう言ってから、風呂敷に包んでいた書類をドサッと差し出した。

「さすがは、物調役だな。いいのか、持ち出して」

と逸馬が言うと、信三郎は杯を傾けながら、

「いいわけがないだろう。見つかれば首が飛ぶかもしれねえ」

「そんな大事なものを」

「どうしてって？　そりゃ、おまえのためだ。その目を開いてよく見てみな」

その書類は、もう五年も前の評定所で扱われた、幕閣絡みの騙《かた》り——今でいう詐欺事件の裁判の記録であった。評定所で扱う重大な事件の書類の保存や記録に携わる信三郎は、逸馬に頼まれて、早急に桂庵のことを調べてみたのである。

「またぞろ、逸馬の鼻がうごめいた……と言いたいところだが、桂庵の評判についちゃ、俺も色々と調べていたんだ。なぜならば、俺も、〝肺臓が悪い〟と言われたからだ」

と信三郎は笑った。

「そうなのか？」

「半年程前、桂庵が江戸城の役所に来て、診断をしたことがあるだろう、俺たち中年

の体が心配だからと」

「ああ。俺も実は、初めはそれで引っかかったのだ」

八助はそれで心配になって、桂庵を訪ねたところ、詳しい診察で何か悪い腫れ物があると分かったというのだ。しかし、そのような患者が次々と増え続けたので、

――何だか妙だな。

と信三郎も思っていたところ、逸馬から相談を受けて、どうも胡散臭《うさんくさ》いという核心に触れた感じがしたのだ。

小石川養生所に勤めている清順という『一風堂』で学んだ医者がいる。逸馬たちより十歳ほど若いが、誠実で腕のいい若い医者として患者から信頼されていた。清順の話によると、腹の中に腫れ物ができることはあるが、桂庵の診立てはあまりにも多すぎるのではないかという疑いがあった。

つまり、本当は大した病でもないのに、大袈裟に言っているのではないか、と言うのだ。しかし、宣言された当人にとっては、

「後三月経つと取り返しがつかない。死んでも不思議ではありませんな」

などと言われると怖くなるに決まっている。だから、八助のように、自分の出来る範囲で金を出して、助けて貰おうと思うのである。

「だがな、この桂庵、悪い病巣があると告げているのは、大概が金に余裕のある者たちばかりなのだ。公儀の役人に限ってみても、与力や同心の御家人には、あまり声をかけていない。奉行所職を勤める旗本がほとんどだ」

「じゃ、信三郎。おまえは本当に怪しいんじゃないのか？」

と逸馬がからかうと、信三郎は少しだけドキッとしたが、

「まあ、俺は女房一人だけだから、どうとでもならあな。でだ……桂庵のことを調べてみたら、とんでもない奴だったんだよ」

「幕閣がらみの騙り、とやらに関わりあるのだな」

逸馬が神妙な顔になるのへ、信三郎は声を潜めて、

「うむ。その一件は、二人とも聞いたことがあると思うが、あるやんごとなき人に成りすまして、幕閣からごっそりと金を巻き上げた男の話だ」

「ああ。将軍御落胤《ごらくいん》という、あれだな」

と八助はすぐに思い出した。

十一代将軍家斉《いえなり》公の御落胤だが、将軍家から密命を帯びて野に下り、江戸市中はもとより、諸国を遍歴して、幕府に楯突く者たちを密かに監視している者がいた。その男は、葵龍之介《あおいりゆうのすけ》と名乗り、東海道などの本陣に堂々と泊まっては、金を幾ばくか貫

い受け、次から次へと旅をしていたのである。

時の道中奉行は怪しんだが、そのことを上様に尋ねることは憚《はばか》られたので、密かに目付を放って探索を続けていたが、

——どうやら、本物らしい。

という報を受けたがために、幕閣の間でもまことしやかに語られ、自分の藩領内に現れたときには、相応の手厚いもてなしをして送り出した者もいた。

だが、それが騙りだと分かったのは、たまさか知り合いの武士と出会ったからであった。もちろん、それでも龍之介は知らぬ存ぜぬを通していたが、町奉行の知るところとなって、一度は御用となったのである。

しかし、その後、プツンとその事件の噂は途切れた。幕閣や諸藩の役人なども絡んでいるので、評定所扱いとなったものの、大名や幕閣が騙されたとあっては、天下の笑い者になると判断し、罪には問わぬこととなったのである。

但し、別の容疑を押しつけて、死罪にしようと画策していたところ、将軍家の御落胤は嘘ではあるが、水野忠邦の縁者であることが分かった。それが白日の下に晒されれば、それこそ水野自身の身分が危ない。

そこで、解き放しにしたというのが真相らしいのだ。もっとも、これは、信三郎が

残された記録から読み取ったことであって、何処の誰兵衛と書き記されているわけではない。

ただ、水野忠邦の父・忠光《ただあきら》の妾腹の中に、長崎で蘭学と医学を学んだ秀才がいたことは確かだという。

「おいおい。まさか、それが桂庵などと言い出すんじゃゃ……」

八助が身を乗り出すと、信三郎はあっさりと、

「その、まさかだ」

「俄には信じられん。桂庵先生は御典医になる人なんだろ？」

「裏に何があるか、分かったものじゃないぞ。なにしろ水野様の腹違いかもしれないんだからな。これは付け入られるかもしれないし、逆に水野様が何かに利用してるのかもしれない……ああ、俺みたいに、秘密だらけの事件を見ているとな、何があっても不思議じゃないと思えるようになる」

「水野様が、桂庵を利用……俺にはさっぱり思いつかないよ」

と八助が情けない顔になるのへ、逸馬は背中を押すように言った。

「何をおっしゃる奥右筆仕置係殿。貴殿が最も、幕府の秘密に近い所にいるのではないか？　それとなく奥右筆の大条様に探りを入れてみてくれぬか」

「い、いやだよ」

すぐ後込《しりご》みする八助である。

逸馬がまたかというような顔を向けると、

「言うな。子供の頃から、おまえはドン臭い奴だ。そう言いたいのであろう。しかしな、今度ばかりは勘弁してくれ。水野様に関わることなら尚更だ。俺には女房と……」

「六人の子供だろ？」

と逸馬は今度は腹をポンと叩いて、「ここに腫れ物があると出鱈目を言って、大金を巻き上げようとしたのだぞ」

「嘘かどうか分からないではないか」

「だったら、三月待ってみな。その時にハッキリするではないか」

「人のことだと思って……」

「その五十両があれば、女房子供をつつがなく暮らさせることができると思うがな」

不安がる八助を見て、逸馬と信三郎は子供のようにケラケラと笑った。そんな三人の前に、女将の佐和が秋刀魚《さんま》のなますと生姜煮を持って来て、

「銚子ではもどかしいでしょうよ」

と酒徳利をドンと置いた。

「また、何かよからぬ悪い虫が、うずうずして来ましたねえ」

佐和はそう言うと、またぞろ三人が〝江戸のお掃除〟をするのではないかと思ったのか、愉快そうに笑った。

逸馬はふと気配を感じて、開けっぱなしの格子窓から外を見た。

辻行灯《つじあんどん》の所に人影があった。逸馬が覗くと、すぐさま明かりのない路地に引っ込んだように感じたが、一瞬しか分からなかった。

「今のは……仙人の所に来た、茜じゃないかな」

と呟くと、信三郎は徳利を手酌でやりながら、

「こんな所にいるわけがない。なんだ、ひょっとして、おまえも惚れてたのか。抜け駆けはなしだぞ」

そう声を張り上げて、ごくりと酒を飲み干した。

七

翌日、北町奉行所に出仕した逸馬のもとに、健吾が駆けつけて来た。

「手代の忠吉が白状しましたよ。既に、奉行所内の牢に入れてあります」

牢に留められているということは、後は吟味方で調べた上で、刑が確定するまで小伝馬町牢屋敷送りとなる。町奉行自らがお白洲で取り調べた上で、死罪や遠島という重罪ならば、評定所などでさらに検討されてから、裁断が下れば、刑の執行まで牢屋敷で待つこととなるのだ。

それゆえ、予審とも言える吟味方与力の取り調べは慎重でなければならず、最初の間違いが尾を引くことは多々あることだ。逸馬が最も気を配っているのは、〝冤罪〟を作らないことである。

しかし、今般の事件では、疑いを持たれた忠吉という手代が、自ら殺したと認めたという。しかも、岡っ引の紋蔵の調べたとおり、

「忠吉が、逆さ長屋の近くにいたのを見た」

と二八蕎麦屋が話している。お白洲で証言してもよいとまで言っている。大きな進展には違いなかったが、健吾にしても初手柄になるかもしれないから、かえって詰めが甘いとも考えられる。なにより、紋蔵に導かれるがままに探索していることが、一番の気がかりである。

岡っ引という類は、所詮は遊び人みたいなもの。町場や裏社会に通じている者を、

お上がいいように利用していることも否めない。ゆえに、岡っ引の方も、

——正義だなんだとぬかしやがっても、とどのつまりは、どいつもこいつも似た者同士。お上なんざ、信じてはならないのさ。

と考えているものだ。もちろん、中には、自身番の大家や辻番のように、きちんと働いている者も多い。だからこそ、江戸の市井は安泰なのだが、忠犬のような岡っ引は数えるほどであることも、逸馬は長年の与力暮らしで承知していた。

「ところで、忠吉……佐織が殺された晩、おまえは本当に、逆さ長屋に行ったのか？」

と逸馬は神妙な顔で、詮議所の白洲に座っている忠吉に声をかけた。裃《かみしも》姿の逸馬に緊張した面持ちを崩さないまま、

「は、はい」

「佐織を殺したとあるが、相違ないか」

「…………」

「どうなのだ？」

「こ、殺したも同じです。あの夜、私が誘い出したりしなければ、佐織さんは殺されることなんかなかったから」

「ん？　どういうことだ」

忠吉は俯いて指先をもじもじと合わせていたが、逸馬は優しく声をかけた。

「息子がいるんだろう？　父親が奉行所へ連れて来られただけで、いじめられてるかもしれないぞ。ましてや、先生を殺したとなれば、息子もいたく傷ついているはずだ」

「はい……」

今度は、もじもじするどころか、忠吉は震えてきた。

「正直に話してみな。お上には頭の固い奴らばかりじゃないぞ」

「ありがとうございます……私は、本当はやってません……でも、紋蔵という岡っ引に脅されて、ええ、やったと言わないとガキを殺してやる。てめえみたいなクズ野郎は生きていなくていいんだと脅されて……それで怖くなって……」

「喋ったのか、やってもないことを」

「そうです」

「佐織を呼び出したと言ったが、何処へだ」

「柳橋の『川善』という船宿です。別に変な事をするためではありませんよ。その船宿は私どもがよく商いで使っている場所で、佐織さんが訪ねて来たことは、女将さんも覚えてくれているはずです」

「うむ。そこで飯でも食ったか」

「はい。鰻の蒲焼きを」

「なるほど。鰻を食うのは、それこそ、そういう仲になってくれという合図らしいからな。ま、それは俗説だ。おまえさんたちは、ただ美味い鰻が食いたかっただけだろうよ。『川善』の鰻は格別だからな」

逸馬は相手の心をほぐしてやりたいために、艶っぽい話に傾けたのだが、忠吉には余計なことだったようだ。かえって、辛くなったのか、口を閉ざしてしまった。佐織の死を、自分のせいで招いたという自責の念に苛《さいな》まれたようである。

「私が呼び出したりしなければ……」

という言葉を繰り返すので、逸馬はもう一度、尋ね直した。

「正直に言うんだぞ。ここに同心の書いた〝口書《くちがき》〟がある。おまえ自身の白状した事や色々な人の証言、残された証の物などから、事件の顚末を記したものだ。これを元に吟味を重ねて、〝吟味詰り之口書〟が出来てしまえば、爪印を押されて、罪科は決まる。そうなりゃ、殺しの事件だ。小伝馬町牢屋敷で申し渡されて、即刻処刑だ」

「処刑……」

「ああ。おまえは暢気《のんき》に構えてるようだが、危うい所に立っているんだぞ。さっきも言ったが悪いようにはしない。助かりたければ、正直に話すんだな」

「本当に……息子は大丈夫なんでしょうね」

忠吉は目が赤くなるくらいカッと見開いて必死に、「後で、紋蔵が来て殺すなんてことはないでしょうね！」

「奴はそんなバカな事を言ったのか？」

顎の先で小さく頷くのを見た逸馬は、〝あのやろう、ナメたことしやがって〟と心の中で呟いたが、ここでは泰然としていた。

「案ずるな忠吉。岡っ引のことは、この俺に任せておけ」

忠吉はまだ半信半疑のようだったが、意を決したように頷くと、

「私は、一緒になってくれと佐織さんにお願いしたんです。誠心誠意、尽くすつもりでした。でも、佐織さんは私を受け入れてくれませんでした」

「そのようだな」

「ですが、はっきりと断られて、逆にせいせいしました。佐織さんには意中の人がいるやに聞きましたが、それが誰かは分かりません。ですが、諦めがついたのです。私みたいな、子持のしがない男に、あんな綺麗な女先生が……夢だったんです」

と忠吉は微かに赤らんで、小さな溜息をついた。

「その時……船宿で、あの人に会ったんです」

「あの人？」

「桂庵先生です、医者の」

逸馬は思わず身を乗り出しそうになったが、逸《はや》る気持ちを抑えて、極めて冷静にゆっくりと問い返した。

「佐織さんの父上の話を知っておるのか？」

「与力様も？」

「うむ。その事で、佐織は桂庵にかなりの怨みを抱いていたようだな」

「はい。私も幾度となく聞いたことがあります。ご存じかとは思いますが、私の奉公している『嵯峨屋』と桂庵先生は、深い繋がりがあります。ですから、しょっちゅう顔を合わせることはあるのですが……先生は、私と佐織さんが一緒にいたことが、意外そうでした」

「だろうな。場所も場所だしな」

「はい……その時、佐織さんは、父上のことで、何か心の底から沸き上がってくるものがあったのでしょう。いきなり、桂庵先生に摑みかかるような勢いで、『父に謝って欲しい。医者として詫びて欲しい』としつこく食い下がりました。あんな豹変した佐織さんの顔を見たのは、私も初めてでした」

その時の様子を聞きながら、逸馬は傍らの同心に克明に書き残させた。

佐織は同じ事を繰り返して、父親を見捨てたことを非難するだけかと思いきや、いきなり別のことで攻撃を始めたという。

「実は……佐織さんは、あのような事件があってから、桂庵先生のことが、どうしても評判のよい医者とは信じられず、色々と調べたそうです」

「うむ……」

御落胤に扮した騙りのことかと逸馬はチラッと思ったが、幕府の機密事項である。さすがにそこまでは調べられるはずがなかった。しかし、騙りという意味では同じだった。

「佐織さんは、桂庵先生に診察された人をほとんどすべてと言っていいくらい調べました。すると、当然のことながら、貧しい人たちは診ても貰えず門前払い。その代わり、金のある商人やお武家様には、往診にまで出かけています」

「らしいな」

「そして、金持ちの多くの方が、大変な病を見つけて貰って、大事に至る前に手術を受けることで助かっているのです」

これも逸馬が調べたとおりである。だが、次の忠吉の一言で、まったく違った意味であることが分かった。

「手術はしていないのです」

「ン？　どういうことだ」

「佐織さんが言うには、桂庵先生は、まったく何でもない人に、病の巣があるように言って不安を煽《あお》り、手術代を吊り上げる。悩んでいるうちに、病巣が広がり助からなくなると脅すんです。決断が遅くなればなるほど、病気も広がって、終《しま》いには手を施すことができなくなると。言われた方は、少しでも軽いうちに手術をした方がいいからと、お金を出します」

「やはり、そういうことか……しかし、患者当人が何でもなければ、相手にしなければ済む話ではないか。他の医者に診て貰う手だってあるはずだ」

「そこが、桂庵先生の巧みなところなのです。あの独特の風貌で言い寄られると、誰だって不安になります。それに……これは主人を裏切るようで、あまり言いたくないのですが」

「何でも正直に申すと約束したではないか」

「はい。実は……」

と忠吉は背筋を伸ばし直して、「私の主人は、桂庵先生の言うままに、薬を処方しておりました。私も手代が長いし、薬草のことも含めて、かなり学んでおりますが、主人は腑に落ちない処方をよくしておりました」

「要らない薬を出していたのか？」

「それもありますが、もっと酷いことに……何でもない人に、胸や腹が痛くなるよう、薬を飲ませていたのです。もちろん、それは、手術を受けない患者の体調を悪くすることで、不安に陥れるためにです」

さすがに逸馬も怒り心頭に発して、すぐにでも、ぶった斬りたくなった。

「その事を知ってて、おまえも黙っていたのか」

「申し訳ありません」

忠吉はあっさりとしたほど素直に謝って、「だから、死罪になってもよいと……佐織さんの後追い心中と思って下さって結構です」

「バカを言うな。おまえに死なれちゃ、それこそ、真実が闇の中ではないか」

と逸馬は強い調子で言ってから、自分の膝をポンと叩いた。

「つまりなんだ……薬種問屋の嵯峨屋も、桂庵の偽手術に一枚嚙んでたわけだ」

「は、はい……」

「そのことを、佐織が知った。そして、嵯峨屋の手代頭が一緒にいたところを見たとなると、なるほどなあ、おまえたちのことが邪魔になるってわけか」

逸馬が誰かにくすぐられたように笑うのを、忠吉は不思議そうな顔をして見ていた。詮議所の障子窓の外から、初秋の陽が射しており、庭の色づき始めた紅葉《もみじ》がきらきらと輝いていた。

「忠吉。おまえにゃ、もうしばらく、奉行所の牢にいて貰うぜ。佐織殺しの下手人としてな……なんだか、俺まで腹が痛くなってきたぜ」

そう呟いて、逸馬はひとひら舞い散る紅葉を見ていた。

八

「なんだと？　俺に手術を受けろだア」

八助は素っ頓狂な顔で振り返った。子供じみた表情で目を白黒させる中年男を見て、茜も思わず笑ってしまった。

ここ『一風堂』がすっかり、逸馬、信三郎、八助三人の溜まり場になってしまったのは、この茜の笑顔があるからである。お互い激務で忙しいはずなのだが、他に寄る辺もないのか、わざわざ立ち寄って四方山話《よもやま》をしているのである。

とはいうものの、半分は真剣な談義を交わしていた。

「どういうことだ、大将。桂庵先生は藪だと言い切ったくせに、今度はどうして手術を受けろなどと言うんだ」

「まあ、聞け」

と逸馬は、忠吉の告白を話してから、桂庵の人にあらざる所業の証拠を摑むために、犠牲になってくれと言うのだ。

「じょ、冗談じゃないよ。なんで俺が……」

「別に本当に腹を切れなんて言ってない。桂庵に近づいて、色々と探って貰いたいのだ。奴が佐織を殺したかもしれぬ。もちろん、自分の手は汚してないだろうがな」

「待てよ。そんな奴なら、益々、嫌だよ。俺には……」

「カカアと六人の子供だろ。聞き飽きたよ」

「それに、茜ちゃんもいるしよ。それは冗談だが、信三郎。おまえまで本気で言ってるんじゃないだろうな」

「たまには体を張って悪党を捕まえてみろ。気持ちいいものだぞ」

と信三郎が笑いかけるのを、八助は嫌だ嫌だというように手を振って、頑として首を縦に振らなかった。

「大将は町方与力だし、黄表紙は毒にも薬にもならない評定所の取次役だ。探索が三度の飯より好きなのかもしれないが、俺は御免被る」

「だったら、私がなったげる、囮《おとり》に」

そう口を挟んだのは、茜だった。

「いや。それは、ならぬ」

逸馬はキッパリと断った。若い娘を人身御供《ひとみごくう》に差し出す相手ではない。しかも、病がありそうで、金を出せる患者でなければ、桂庵の食指は動かない。八助は既に桂庵にかかっているわけだから、怪しまれずに済む。

「どうだ。一肌脱いでくれぬか」

「こんなことして、俺に何の得があるんだ」

「幕府の人事に関わっているおまえだ。騙りまがいの男を、御典医にする前に、その悪事を暴き出しただけでも大手柄だ。それに加えて、御用商人の不正を糺《ただ》し、もしかすると関わっている幕閣までも燻《いぶ》り出せるやもしれぬ」

「関わっている幕閣？」

「あんな莫大な金を、桂庵がすべて懐しているとは到底、考えられぬ。幕閣の誰かに金が渡り、それがために御典医の地位を得ようとしていることは、おまえでも勘づいてることだろ？」

「まあ、そりゃ……」

「それらを、すべて白日の下に晒せば、奥右筆の筆頭になるのも夢ではなかろうな」

「………」

「ま、一晩、ゆっくり考えな」

逸馬が半ば投げやりに言うのを、茜は不思議そうに見ていた。

「大将、黄表紙、パチ助。ほんとに御三人は仲がよろしいんですね。傍《はた》から見ていても気持ちいいくらい」

「腐れ縁てやつだよ。茜ちゃんとも、ずっと腐れ縁でいたいもんだねえ」

信三郎がからかいながら言うと、八助はどんよりした顔で、

「分かったよ……」

と逸馬に答えた。これまた不思議そうに見やる茜に、信三郎が説明をした。

「大将の、ま、一晩、ゆっくり考えなって言葉は、『もう、おまえには頼まない』という意味なんだよ」

「そうなんですか？」

「ああ。こいつはこいつで、気が短いから、始末が悪い。なにしろ、元は町人だ」

「町人がいけねえか」

「そんな事は言ってない。さ、これで決まったンだから、大将……八助が桂庵に近づくなら、俺は『嵯峨屋』の方へ、用心棒にでもなって潜り込むか」

と信三郎は意気揚々と、逸馬の大きな背中をドンと叩いた。


その夜、また紋蔵が八丁堀の逸馬の屋敷を訪ねて来た。

同心の原田健吾も一緒である。岡っ引といえども、本来なら、与力の屋敷に入れる身分ではないからである。

「藤堂の旦那。一体、どうなってるんです？　忠吉のやろうは、まだ町奉行所の牢に留めおいて、吟味を続けるって話じゃないですか」

と紋蔵は明らかに不満そうな口調で言った。何かを探り出すような目つきだったが、逸馬はあえて素知らぬ顔で、

「それが、俺には分からぬところがあってな」

「何がです。奴は自白したんですぜ」

「俺はあまり信用しないんだ。その自白というものはな」

「どうしてです」

「人間ていうのはな、追いつめられれば、自棄《やけ》になって、心にもないことを言うものなんだ。それくらいのこと、紋蔵、おまえなら分かってるだろう」

「事と次第によりやすがね。忠吉を見た者もいるし……」

「分かってるよ。だがな、まだ刃物は見つかってないし、下駄も片方がな。あ、いや、下駄はそうそう、どういう訳か、大川の下流で見つかった。ま、似たような下駄はあるだろうから、まだきちんと確認はしてないが、まず佐織のものに間違いない。すげ替えた鼻緒が同じ柄だ」

「そうなんですか？」

「ああ。てことはだ、紋蔵……佐織はやはり初めに考えたとおり、何処か別の所で殺されて、船か何かで運ばれてる途中に、片方の下駄が川か掘割に落っこちたとも考えられる」

逸馬がすらすらと考えを述べると、健吾は感心したように聞いていたが、

「では藤堂様。私は間違った人を捕らえたことになるのですか」

「さあな。篤と調べてみないと、まだ分からないよ。そのために、じっくりと探索し

なくてはなるまい。」

逸馬は諭すように言ってから、健吾に一枚の絵を見せた。

「これは、長屋の人に聞いて、書いて貰ったものだがな、佐織が出かける時に必ずといっていいほど挿していた櫛だ。髪飾りではなくて、この櫛を挿していたのは、母親の形見ゆえな、縁起をかついでのことだったそうだ。ここに梅の模様があるらしい」

「これが？」

「うむ。必ず、殺された所に落ちているはずなのだ」

「殺された所……」

「ああ。下駄が大川で見つかったのだから、長屋でないことは分かった。しかし、その場所が分からぬ。どこかの船着場か、前日に訪ねたという船宿の近くか……」

船宿と聞いて、紋蔵は一瞬、目がきらりとなって逸馬を見た。

「なんだ？」

「いえ、別に……」

「この櫛が落ちている所で、殺されたかもしれぬから、よく探してくれ」

と逸馬は言ったものの、少しだけ自信のなさげな吐息をついた。

「そうは言ってもな、もし長屋の何処かか、部屋の中にあったとなりゃ、話は振り出

しだ。いや、長屋で殺されたことも、もう一度、考え直さなきゃなるまい。下駄は
……長屋のすぐ裏が掘割になっているからな、そこに落とせば、流れ流れて大川だ」

健吾は櫛の絵を、紋蔵にも見せて、櫛を探して歩くことにした。江戸中を歩き回るとなると、まさに海に落とした針を探すようなもので、見つかりっこなかった。

だが、逸馬は健吾に、さりげなく、

――柳橋の船宿『川善』あたりが怪しい。

と話した。どうして怪しいのかと健吾は聞き返してきたが、逸馬はわざと桂庵のことには触れず、

「人ばかりに聞かずに、船宿の女将にでも、てめえで調べに行ってみな」

と突き放すように言った。

「さすがはふくろうの旦那。すっかり見えてやすね」

と、紋蔵はにんまりと笑って、

「では、あっしもお供いたしやしょう」

「ああ、頼む。この若造は、まだ見習の甘えが抜けないでいるようだ」

九

その翌日の昼下がり、逆さ長屋の木戸口に、健吾と紋蔵が立った。

「旦那。迷った時には、初めに返って調べ直せって言うでやしょ？　もう一度、仏になった女の部屋を洗ってみましょうや」

と紋蔵は健吾を誘って、克明に探索し直そうというのだ。

畳にはまだ生々しい血が少しばかり残っているが、土間のものは消えていた。竈や水甕のあたりも丁寧に見ながら、

「旦那。櫛だの笄《こうがい》だのというもんは、ちょいとした弾みで、こういう隙間に落としたりするもんだ。気づかないこともあるし、分かったとしても、なかなか取れねえから諦めることもある」

と紋蔵が小言のように話していたとき、あっと健吾は声を上げた。

「紋蔵さん！」

「旦那、さんづけはいけやせんや」

「いいから、見てみろ。そこだ、そこ」

健吾が指さすと、水甕の後と柱との隙間に、柘植の櫛が落ちている。

「これかもしれぬぞ」

と健吾が必死に腕を伸ばしたが、うまく届かない。指の入りにくい隙間だから、火箸を持って来て、紋蔵に取らせた。そして、しみじみと櫛を眺めて、

「梅の模様……ああ、これだ」

健吾はこくりと頷いて、「きっと佐織は、表で下手人と揉み合っているうちに、掘割に下駄を落とした。そして、追われて部屋に帰って来て、櫛を……」

「旦那。なかなかの推察ですね」

と紋蔵がわざとらしく褒めたとき、ぶらりと逸馬が入ってきた。

「これは、藤堂の旦那まで……」

膝を曲げて挨拶をしかかった紋蔵を制するように、逸馬は呆れた顔をぐいと向けて、

「茶番はいいよ、紋蔵」

「は——？」

「その櫛は、おまえが今、こっそり落としたものじゃないか」

「何を言い出すんです、旦那」

「だってよ、その櫛は、俺が川善の釣り舟に、ゆうべ置いてきたものなんだ」

「………」

「川善は屋形船の他に、釣り舟を三艘持ってる。うちひとつは、川舟で底が平らになっている奴だ。掘割で用いるためのな。佐織はその舟に乗せられて、ここまで運ばれたのではないか……すぐ裏が掘割の船着場だ……だから、そう思って調べてみると、丁寧に消しちゃいるが、ちゃんと血の痕は残っていた。だから、俺は……」

と逸馬はもう一度、紋蔵を見据えて、

「俺が、その舟の中に、その櫛を置いたんだよ。下手人なら、それを見つけりゃ、捨ててしまうか、死体の見つかった長屋に戻すか、わざと忠吉の身辺に隠すかする。そう踏んでたんだよ……紋蔵、おまえはその舟のことは、健吾には言わずに、自分一人で調べてみた。そして、その櫛を見つけたんだ」

「――なんのことやら」

それでも惚ける紋蔵に、逸馬は畳みかけるように言った。

「よく見ろよ。それは安物だ。柘植の櫛じゃないよ、梅の模様はあるがな」

「！　……」

「それに、もうひとつ……」

逸馬は懐から、一本の櫛を差し出してみせた。

「これが、佐織の櫛だ。よく見ろ。一本、欠けているだろう。折れたのでな、職人に直して貰うために出してたんだとよ。だから、『川善』に出かけたときは、櫛は挿していなかった」

啞然となる紋蔵に、紫の房の十手をぐっと突きつけた逸馬は、

「おまえは誰を庇うために、こんなことをしたんだ？」

「…………」

「健吾に誤った道筋を辿らせ、忠吉を下手人に仕立て、舟に落ちていた櫛を見て、まずいと思ったのであろう。ご丁寧に拾って、この長屋に置き、ここで殺されたように見せかけようとした。なあ、紋蔵……おまえのような古株が、どうして、こんな真似を？」

悄然と立ち尽くす紋蔵は血の気が引いて真っ青な顔になっていた。

「まさか、おまえが殺したんじゃあるまい。正直に言えば、長年、捕り物に尽力してきたおまえだ。俺が軽い罪にしてやるよ。それとも、一蓮托生で、本当の下手人と獄門台に送られたいか」

「どうなのだ？　藤堂様がおっしゃっているのは、本当のことなのか！」

健吾に詰め寄られて、紋蔵は観念したように上がり框にがっくりと腰を下ろした。いつもの鋭い眼光は消え、後悔の念に襲われたのか、じっと目を閉じていた。

「――申し訳ございやせん」

と項垂れて、十手を差し出すと、「薬種問屋だけに、鼻薬がきつくて……ふらふらと手を汚してしまいやした」

「佐織を殺したのは忠吉ではない。誰か他の奴なのだな？」

「へい。何もかも話しやす……」

そのわずか一刻《いっとき》後には、逸馬の命令によって、桂庵が捕縛されてきた。

「貴様ッ。私を誰だと思ってるんだ。どんな目に遭っても知らぬぞ」

と詮議所のお白洲に座らされた桂庵は、力の限り怒鳴った。神聖なお白洲においては、それだけでも手討ちモノだが、逸馬は淡々と吟味をした。

「控えろ、桂庵。すべては、紋蔵が話した」

「紋蔵？　誰です、それは」

「知らぬなら、後で会わせてやる。その前に、嵯峨屋の主人とその用心棒に〝おでまし〟願った。これへ呼べ」

吟味方同心が呼び出すと、控えの間から、町方中間に引き連れられて来た。しょぼくれたような顔つきの嵯峨屋とふてくされた用心棒は、お互いに顔を合わさぬようにしていた。

「用心棒はもう一人、いよう」

そう言われて、出て来たのは、信三郎だった。その顔を見て、昨日、用心棒に雇ってくれと来たばかりの侍だと知って、

「なんですか、与力様、この者は」

と嵯峨屋は突き放すように言った。

「寺社奉行吟味物調役といってな、評定所に出す書類を扱う役人だ」

「お役人!?」

「うむ。そうとも知らず、そこな用心棒……古坂平四郎というたか……その者がペラペラと喋ったそうだ。嵯峨屋、おまえに命じられて、佐織を殺した上で、紋蔵とともに、逆さ長屋まで舟で運んだとな」

「知りませぬ」

「おまえも往生際の悪い奴だな」

「知らないものは知らないのです」

と嵯峨屋は必死に首を振った。

「そうか。ならば、桂庵を庇って死罪になるか。いや、殺したのは用心棒。唆《そそのか》したのだから、〝解死人《げしにん》〟だな」

死罪には、解死人（または下手人）、死罪、獄門、磔、火罪《かざい》、鋸挽《のこぎりびき》の六種類があるが、前者ほど軽い。どの道、殺されるのだが、死に様によって冥土での暮らしぶりが変わると思われていたから、少しでも苦痛の少ない軽い方を望んだ。

刑の具体性を聞くと、大概の罪人は震えがくるものである。嵯峨屋は氷水にでも入ったように体中が刻むように揺れていたが、桂庵は、我関せずというふうに泰然と座ったままだ。

「桂庵と嵯峨屋……この二人のうち、どちらか一人が、極刑になるのだ。すでに、この二人のどちらが命じたか、証拠は挙がっている。正直に言った方がいいぞ」

逸馬は賭けたのだ。どちらか一人だけが助かると言えば、よほど一蓮托生の絆を交わしていない限り、必ずどちらかが相手を売る。

「私は頼まれただけです」

先に口を開いたのは、嵯峨屋の方だった。

「桂庵先生は、私にこう言いました。『佐織という女はしつこくてかなわん。丁度、おまえの店の手代が岡惚れしているようだから、手代のせいにでもして殺せ。そうしたら、おまえの店に、御典医になってからも莫大な儲けをさせてやる』。そう言われまして……」

「ふん。助かりたいために出鱈目を言いおってからに」

桂庵が呟くのを、逸馬は厳しく制してから、

「ならば、桂庵。おまえは、殺しを命じていないと言うのだな」

「はい」

「命じたのは嵯峨屋だ。引っ立てろ」

「そ、そんな！　ご、ご勘弁を！」

嵯峨屋は自分は桂庵に頼まれただけだと何度も泣きわめきながら、同心に引きずられて行った。たとえ、〝教唆〟でも死罪相当であるからだ。

「さて、桂庵。おまえには別の罪状がある」

「はて……」

「騙りだ」

「――騙り？」

「昔の御落胤話とは違う」

桂庵の表情が初めて強張《こわば》った。

「なぜ、俺がそんな事を知っているかは、この際、関わりない。ただ、同じような騙りに違いはない。騙りもまた死罪だ。御定書第六十六条を知っておるか。偽薬種売り候者、引廻しの上、死罪だ」

「私は偽医者でもなければ、偽の薬を売った覚えもないが？」

「そんな申し開きは聞いておらぬ。これへ」

と今度、連れて来たのは、八助と呉服問屋の加賀屋の主人であった。桂庵は、それが何だと言わんばかりの目で睨みつけていた。

「八助はただの食い過ぎだった。おまえはさらに五十両、要求したそうだが、他の名医に診て貰って分かったことだ」

「下らぬ」

「さらに、加賀屋の手術の痕……これは、ただ一度、切って縫い合わせただけだ。開いてもおらぬ。しかも、悪い所はない。それで五百両とは、騙りも騙り、大騙りだ」

「何を言う。それは……」

「黙れ、桂庵！」

と逸馬は険しい声で制した。

「加賀屋だけではない、余罪も沢山あろうから、御典医をはじめ、おまえに蘭方医学を教えた長崎の医者も呼び寄せて、評定所で調べる手筈になっておる。いずれ、おまえのイカサマは、はっきりしよう」

「！……」

「今度は誰も庇ってくれぬと思え。なぜならば、おまえが稼いでいた金、水野様の懐に渡っていたこともバレる……かもしれぬ。権力を握っている者は、おまえのように下らぬ輩のために、その地位は放さぬ。分かるか？」

桂庵は初めて身震いを始めた。

「お白洲で全てを正直に話せば、あるいは救われるかもしれぬぞ」

「私は……何も悪いことなどしておらぬ。死罪にしたければ、すればよい」

「折角の医学の腕と知識があるならば、本当に困った人のために使ってもよかったのではないか？」

「ふん。貧乏人に施して何とする。どうせ、生き長らえたところで、ろくな人生は待っておらぬのだ。またぞろ苦労するだけではないか」

と桂庵は傲然と逸馬を睨み上げて、「どうせなら、金持ちを助けた方が世の中のためになるではないか。そうは思わぬか。俺の手術代が高かったのは、生き延びるに相《ふさ》応《わ》しい人間かどうか。それを判断するためだけのことだ。俺が手術を施して死んだ奴がいるか。いたら言ってみろ！」

「いるわけがない。みな元気な体なのだ。おまえは出鱈目の病を告げただけゆえな」

「出鱈目ではない！　断じて、私は出鱈目なんぞ言ってない！　いずれ分かる。私に見放された奴は死ぬ。それが証だ」

強がる桂庵の常軌を逸した怒りの顔を見ているうちに、

――反省のかけらもない。このような救いようのない人間もいるのだ。

と逸馬は腹立ちよりも、人というものの悲しみに打ちのめされていた。この男にも、素直な子供の頃があったはずだ。何が桂庵をそうさせたのか分からぬが、ひとかけらくらいは、人の情けがあるのではなかろうか。

逸馬は、泥に咲く花の話をもう一度してみたが、

「下らぬ」

とだけ言って、桂庵は薄笑いを浮かべた。

第三話　幻の女

一

両国橋西詰の繁華な一角から入った路地で、若い町娘が酔っぱらいの中年男に絡まれていた。

その男は赤鬼のような顔をしていて、いかにも腕っ節が強そうだったので、周りで見ていた町人たちは、見ているだけで止めに入る者はいなかった。

辺りは芝居小屋や見世物小屋、矢場や料理屋などが並んでおり、浅草と比肩する賑やかな所である。日が落ちてからも、軒提灯が連なって往来は絶えない。

なのに一歩、路地に入ると、喧噪が嘘のように消える。だから、時々、強請《ゆすり》やたかりをする連中がうろついているのである。

——そんな物騒な路地を通った女が悪い。

とでも言いたげに、周りの人々は見ていた。

そこへ、まだ二十歳過ぎぐらいの頬被りをした若い衆が、野次馬を割るようにして駆け込んで来た。

「おっさん。何やってんだ。嫌がってるじゃねえか。放してやれ」

若い衆が言うと、赤ら顔は振り返りざまに懐《ふところ》から匕首をちらつかせて、

「兄ちゃん、余計な事には首を突っ込まない方が利口だぜ」

と決まり文句のように言った。

だが、若い衆も負けてはいない。腕に覚えでもあるのか挑発するように乱暴な言葉を吐きかけると、自分から立ち向かって行った。

「やるのか、このやろう！」

相手が匕首に手をかけた時、若い衆はすぐ側に立て掛けてあった梯子《はしご》を引き倒した。あっと中年男が身を引いた途端、若い衆は天水桶の水をかけると、その桶を投げつけた。

「おまえこそ、なんだッ」

若い衆がさらに殴りかかっていくと、中年男は胸を突かれた拍子にそっくり返って

倒れ、傍らの側溝の縁石に頭をぶつけた。

その騒ぎに、同心の原田健吾が、

「待て待て！」

と止めに入った。

野次馬の誰かが、近くの自身番まで報せに走ったらしい。まだ荒々しい気がおさまらない若い衆を、健吾は羽交い締めにして、中年男から放した。

若い衆ははっきり言葉にならない声で叫んでいたが、同心だと分かると、安堵したのか緊張が解けたように、頬被りを取って座り込んだ。

「おい。大丈夫か」

倒れたままの中年男は、一見、遊び人風の山吹色の縞の着物に鴇《とき》色の帯をしていた。流行《はや》りの姿のようだ。手には抜きかけの匕首がしっかり握られたままで、健吾が声をかけて体を揺すった途端、

――つう……。

と中年男の頭の後ろから、血が流れ出てきて、あっという間に地面に広がった。健吾は思わず腰が砕けそうになったが、必死に踏ん張って男を介抱しようとした。しかし、男は昏倒したまま動かない。

血の多さを見て、見物人たちが悲鳴を上げた。その声に驚いて、若い衆は息が詰まったように目を見開き、急に青ざめていった。

「あ……あの人が……若い女が、危ない目に遭ってたから俺は……」

若い衆は絡まる袖を払うようにして指したが、女の姿はすでになかった。

「女だって？」

「いない……今の今までいたんだ。俺は、その娘さんが、この男に乱暴をされていたから、だから……」

と膝を震わせながら、ようやく言葉に出して、言い訳をしようとした。それが事実であることは、傍観していた野次馬たちが証言をした。

たしかに若い娘が、中年男に執拗に絡まれていた。だが、強面《こわもて》だったので誰もすぐに助けることができなかったと、正直に話したのだった。

「娘も怖くなって、思わず逃げただけかもしれない。おまえたち、後で、その女の顔や姿を訊くから、頼むぞ」

と釘を刺してから、健吾は駆けつけて来た自身番の番太《ばんた》たちに、中年男を最寄りの町医者の所まで運ばせた。

しかし、担ぎ込んだ時には、既に事切れていた。

縁石で頭を強打したのが致命傷だったようだが、中年男が死んだとなると、少々厄介なことになる。

わざと殺したわけではないし、義侠心に駆られてやったことだから、その思いをさっ引いたとしても、

——人を殺したことには違いない。

のである。当時の御定法では、過って殺しても、死罪に相当することであって、罪一等減じられるかどうかは、お上次第だった。

「困ったものだな……」

たった一日で、定町廻りから送られて来たこの懸案について、逸馬は困惑していた。おそらく、定町廻りの方でもどう処理してよいのか迷ったのであろう。

まだ、その場から逃げた女の素性も行方も分かっていない。女が誰であれ、若い衆が一人の男を死に至らしめたのは事実だから、極刑もありえるが、事情を鑑《かんが》みると死罪にするにはあまりにも可哀想だ。

「せめて、消えた娘が何処の誰か分かれば、その時の様子を語らせ、若い衆を救いたい嘆願書を出させれば、お奉行もお慈悲をかけると思うのだがな」

吟味方の詰所で、逸馬は誰にとはなく呟くと、老練同心の小関が、

「大丈夫でしょう、藤堂様。前例から言っても、そのような場合には重追放で済むと思いますよ」

「そうは言っても、まだ若いのに、人生が狂ってしまったんだ。遠島になってしまえば、一生、世間に戻って来れないかもしれん。娘をとっさに助けた若者は……」

大工の弥八という二十歳になったばかりの男で、芝車町の棟梁・源五郎の下で五年程、修業しているという。あまり器用な方ではないが、朝は誰よりも先に普請場に来て、みんなが仕事をし易いように準備をし、日が暮れても、先輩たちの後片づけをするような真面目な若者だったから、誰からも信頼され、好かれていた。

一方、死んだ方の中年男は、浅草蔵前の札差『常磐屋《ときわ》』の二番番頭・又兵衛だと分かっている。又兵衛は、常磐屋の主人・菊右衛門の実の弟で、目端の利く男で仕事っぷりもいいのだが、あまり酒癖はよくないらしく、店の手代や取引先の者たちにも、なんとなく避けられていた。すぐに人を摑まえては、くどくど説教したり、難癖をふっかけることがあったからである。

およそ、札差のような信用が一番の商人とは見えない。おとなしくて実直な兄と違って、弟は粗暴で野卑なところがあった。しかし、何か犯罪に手を染めたことがある

わけではなし、人に後ろ指さされるような悪さもしたことはない。

ただ、見かけのゴツさに加えて、博打好きときていたから、一見すると堅気には見えなかった。それが災いして、ならず者に睨まれたりしたこともある。だから、普段から匕首を持ち歩いていたのだ。そして、山っけのあるところは、祖父に似ていると親戚連中からは思われていたという。

「ま、今のところの定町廻りの調べでは、誰かに怨まれるようなこともなく、ならず者と揉めている節もないが、酒癖が悪いのが災いしたか……」

逸馬は軽い溜息混じりで、「とにかく、吟味方に回って来た限りは、裁決するに相応《ふさわ》しい、きちんとした証《あかし》を探し出さねばなるまい」

「そう申しながら、藤堂様。またぞろ、哀れな罪人に、お情けをかけるつもりではありますまいな」

「俺は悪には厳しいと思うがな」

「いいえ。御定法は守るためにあります。我々がその扱いを誤れば、人が人を裁くことになりかねません。法が人を裁くことを、どうかお忘れなきよう」

「分かってるよ、小関。説教がくどくなったとは、おまえさんも年になった証拠だ」

逸馬は笑ってみせたが、心の奥では迷っていた。人情と法というものは、合致すれば強いが、正反対になれば、これほど頼りないものはない。人を二重に苦しめることになる。

今度《こたび》の一件も、人助けをしたがために、死罪になってしまうという理不尽さを払拭したい気持ちがあるのは確かだ。しかも、相手は刃物を手にしていた。逸馬は裁く立場の人間でありながら、

——なんとか救ってやりたい。

という思いがあった。

与力の中でも、吟味方与力というのは、最も重い職である。間違いが許されないからだ。逸馬はそのことはきちんと胸に刻み込みながら、配下の同心たちに死んだ又兵衛の周辺と同時に、消えてしまった町娘の行方を探させた。

衆人の中で起こった事件だ。娘は容易に探し出せるであろうと思っていたが、定町廻りでも手を焼いたほどである。一朝一夕で見つかることはなかった。

だが、それは、まだまだ不可解な事件の幕開けだということを、逸馬自身、知る由もなかった。

二

事件を知った瓦版屋が、弥八の気っ風と度胸を褒め称え、逃げた女を見つける手助けのために、〝号外〟の読み売りを出した。

しかし、あの事件は野次馬はいたが、ほんの一瞬の出来事だったし、日が暮れてのことだったから、顔や姿を問われても覚えていようがなかった。

後で同心の健吾が見かけた印象では、

――どこかの大店の娘さん。

といった感じだった。もしかしたら、出て来ることができない事情があるのか、お上が嫌いな人間かもしれない。残忍な殺しでないということで、奉行所全体の志気も上がらず、なかなかめぼしい成果が上がらなかった。

両国橋西詰は江戸で一、二を争う繁華街だ。江戸町人のみならず、上総《かずさ》や下総《しもうさ》、上州や武州からも物見遊山で大勢の人々が集まって来ている。川越辺りからでも、乗合船で一眠りしている間に着くのだ。

「その娘が、上州や相州から来ていたとしたら、もうお手上げではないか」

という不安も、吟味方同心たちは抱いていた。定町廻り方からすれば、周りの状況から見て、悪いのは札差番頭の又兵衛の方だから、どう判断するかは吟味方の仕事だ。そう割り切って送りつけてきた節がある。

しかし、はっきりした証人が出て、証言を得ない限り、真相は闇のままになってしまう恐れがある。弥八に厳しい刑罰を科したくないという思いはもちろんあるが、吟味方与力としては、真実を剔《えぐ》り出す方が重要であった。

だが、遅々として、娘探しは進まなかった。

そんなある日、北町奉行所の与力詰所に、ぶらりと武田信三郎が訪ねて来た。鯖一本丸ごとの柿の葉鮨を包んだのを手土産に、

「どうだ、大将。女の行方は分かったか」

と、まるで上役か何かのように横柄に言いながら笑った。町奉行所を訪ねて来るときは、どうも妙に肩を怒らせているような気がする。いつもの少し伝法な信三郎らしさがなく、

——俺は寺社奉行の者だ。

と威圧しているようにも見える。寺社奉行は大名職であって、旗本職の町奉行や勘定奉行に比べて、政《まつりごと》における実質の権力には欠けるものの、三奉行の最高位。いず

れは京都所司代や大坂城代などを経て若年寄や老中へ登る階段の一里塚である。しかも、評定所にはなくてはならぬ存在ゆえ、妙に威張っていた。

もっとも、信三郎は寺社方の役人というだけで、出世とは縁がないが、重要な〝機密〟を知る立場にはある。

「手土産は、鯖鮨だけではないぞ」

と自分で包みを開けて、柿の葉鮨を一つ摘むと、

「はあ。うめえ……やっぱり寒い時の鯖はたまらんのう」

「おい。奉行所だぞ、少しは慎め」

「そう堅いことを言うな」

もうひとつパクリと口に入れると、信三郎は勿体をつけるように胡座《あぐら》をかいて、

「よく聞け、大将。女の方は町方で調べなきゃなるめえが、それよりも殺された札差の番頭の又兵衛だ」

「うむ。あまりよい噂は聞かぬが」

「聞かぬどころじゃないぞ。いいか、よく聞け」

「さっきから聞いてるよ」

「いや、大将はガキの頃から、人の話は右から左ってとこがあるからな」

「寺社方では、前々から、〝勧進札〟のことを内偵していたのだ」

「勧進札？」

「知らないのか？　町方でも、二、三年前から取り上げてるって話だがな」

信三郎は直接、関わっていないが、金を生む札だということだけは承知していた。

およその仕掛けはこうである。

寺社奉行が管轄する諸国の神社仏閣は、その改修や増築のたびに多大な出費を要する。公儀からの援助もあるが、それだけでは到底立ち行かない。檀家や氏子からの寄附に頼るのが実情だが、それとて限りがある。いくら信心のためとはいえ、無い袖は振れない。

ところが、数年前に、又兵衛が始めた勧進札によって、金が容易に集まるようになったのである。

札差は幕府の発行する切米手形に従って米を支給し、必要な現金に換えるのが商いである。だが、切米手形を担保に金を融通したり、手形の交換などもするようになった。その手形は、米の相場によって変動する。つまり、手形には現金と同じ価値があるということである。

「だから、なんだ」

それと同じように、寄附をした証の勧進札には金額ではなく、支払った口数を書いておく。誰にでも簡単に払える、一口を十文として、大勢から寄附を募る。もちろん、千口だろうが十万口だろうが、それは構わない。

「そして、ここが勧進ならぬ、肝腎なことなのだがな、大将……」

と信三郎はまた柿の葉鮨を食べてから、

「その勧進札は、必ず、値が上がるというのだ。つまり、仮に一両分の口数の書かれた勧進札は、二両分とか三両分とかになる、という触れ込みなのだ」

「そんな美味い話があるものか」

逸馬は胡散臭いと一蹴したが、それを信じて寄附を繰り返し、結果的に儲けた者も沢山いるのだという。

信三郎の知り合いの中にも、一昨年の寛永寺の一部改修の折に、数十両を寄附したが、その数倍になって戻って来た者がいるというのだ。

「というのは、改修をすることによって、開帳をする。寛永寺は普段は我々庶民は入れぬことになっておる。しかし、改修を機に特別に開くとなると、諸国からどっと人が押し寄せてきて、賽銭だけでも莫大なものになるというのだ。そこで、得られた利益から、寄附に応じて還元するという仕組みだ」

「なるほど。それを、又兵衛が考えたというわけか」

「そうらしい」

「しかし、そのように、上手くいくことばかりではあるまい。元々は寄附をしたのだから、初めに出した金は、損をしてるわけだな」

「確かに、損かもしれないが、それはほれ、寄附ということだからな。モノを買うのとは訳が違う。まったく利を生まなくとも、勧進なのだから、帰って来なくて当然と思っているのだ。一両払って、一文しか戻って来なくても、それで一文の儲けという考えだ」

「うまいこと、考えたものだな」

と逸馬が感心すると、話はまだ続きがあった。

その勧進札はただ、一方的に寺が寄附を集めるのではなく、元締がいて、その下に子、孫、曾孫……と、勧進札を扱う者は、独占的に限られているのだ。そして、利鞘の一部は、曾孫から孫、孫から子、子から元締へと還元されることになっている。つまりは、ねずみ講のようなものだ。

「ということは何か？　元締というのは、勧進札を〝売って〟儲け、そこから生まれた利益からも上前をはねているというわけか」

「どうだい。凄いカラクリだろう」

信三郎が嬉しそうに笑ったが、逸馬はほとほと呆れて、

「で、その元締とは一体、誰なんだ」

「そこなんだ……それが分からないから、俺たち寺社奉行でも動いているということだ。それで目をつけていたのが、『常磐屋』の二番番頭、又兵衛ってことだ」

「目をつけて……」

「ああ。だが、もちろん奴は元締じゃない。表に立っていたのは又兵衛だが、裏で糸を引いていた人間がいることは確かだ。しかし、又兵衛が殺された。これは裏に何かあると思ってな、おまえに話を聞こうと思って来たのだ」

「待てよ、信三郎。殺されたって言うがな、これは、たまさか女を助けようとして起こったことだ。大工の弥八とは……」

「だから、その繋がりを調べてくれと言ってんだよ、大将。その大工が関わってるかどうかは、俺だって知らぬが、少なくとも、又兵衛という男は、実に胡散臭い。強引なやり方を色々と嫌っていた奴らもいるらしい」

「…………」

「少なくとも、又兵衛が死んで喜ぶ奴はいるということだ。町方じゃ、まだ摑んでな

いようだから、お知らせしてやったまでだ」

と言い終えたとき、柿の葉鮨はすっかりなくなっていた。

「済まぬ。ぜんぶ、食っちまった」

「昔からそうだ。家から気前よく、寺子屋まで稲荷寿司や饅頭を持って来ては、てめえ一人で食ってた」

逸馬は笑いながら、死んだ又兵衛の身の回りも、しっかり調べ直した方がよいなと感じていた。

「信三郎。その勧進札というものは、今でも売ってるのか？」

「モノを見たいのだな。それなら、パチ助が幾つかの寺や神社のを持ってるはずだ。小さい寺じゃ儲けにならねえから、増上寺とか浅草寺だけだろうがな」

「ふむ。儲けたら、飲み代《しろ》を払わせなきゃなるまいな」

「そうやって、夜な夜な飲み歩いているから、ふくろう与力なんてからかわれるんじゃねえのか、大将」

逸馬は胸騒ぎがした。厄介なことになりそうだなという思いと、弥八を助けたいという願いが交錯していた。

三

　弥八は北町奉行所内の牢に留められたままである。

　人を殺したとはいえ、どこか落ち着きのない様子だと、牢番から聞いた逸馬は、安心するようにと直に話した。牢から出して、詮議所の控えの間に通して、

「これは、お白洲ではない。俺との、まあ言えばサシでの話だ。気楽に答えてくれ」

「はい――」

　おどおどした弥八は、自分が死罪になるのではないかという恐怖と戦っているように見えた。出される飯も、ろくに喉を通らないのであろう。わずか数日で、頬が痩《こ》けたようだ。

「弥八。おまえは死んだ男が何者か、知っておるのか？」

「はい。八丁堀の旦那方に調べられた時、札差の偉い番頭さんだと聞きました」

「そういう意味ではなくて、前々から知っていたということはないか？」

　唐突な問いかけに、弥八はほんの一瞬だけ、えっという顔になったが、

「会ったことはございません。初めて見かけた人です」

と否定した。

「そうか。実はな……」

そう言いかけて、逸馬は口をつぐんだ。又兵衛がやっていた勧進札のことを聞こうとしたのだが、同情するあまり、与力として自分の手札を見せすぎるのもどうかと思い、まずは生い立ちから尋ねることにした。

「芝車町の棟梁・源五郎の所に、大工の修業に入ったいきさつはなんだ」

「はい。父親《てておや》が知り合いに頼んで、弟子にして貰いました。読み書きもあまりできなく、何をやってもグズだったので、せめて手に職をつけろと。我慢強いのだけが取り柄ですので」

「そうらしいな。まだ俺が直に聞いたわけではないが、棟梁もおまえのことを偉く褒めてたし、大層可愛がっているらしいな」

「心から感謝しています。なのに……こんなことになっちまって。俺ア、棟梁にも兄弟子たちにも会わせる顔がねえ」

弥八は我が身の不遇を嘆くより先に、周りの者たちの心配をした。理由はどうであれ、人殺しが仕事の仲間にいたとなれば、世間からの風当たりが強くなり、仕事にも悪い影響があるだろうというのだ。

「そう言うな。おまえの人となりは、近所でも評判がよいそうだ。二親は今も元気に暮らしておるのか」

「母親は俺が小さい頃に……」

少し言いにくそうに、「他の男と駆け落ちしやした。本当なら、ぶっ殺してもいいところなんですが、親父は別にいいんだ、あいつが幸せならばいいんだと」

「許したのか」

「はい。その親父も、一昨年に釣りをしていた時、足を踏み外して岩場から……」

と言葉を飲んで辛そうに俯いた。二、三日、生死をさまよった挙げ句、死んだというう。釣りは三度の飯よりも好きで、晩飯のおかずにすると、鱚《きす》や鯊《はぜ》、平目、時には鱸《すずき》や黒鯛のような大物もよく釣って来た。それを妹が煮付けや天麩羅にしたという。

「妹がいるのか？」

逸馬が意外そうに尋ねると、弥八はわずかに困惑した目になったが、

「ええ、年子の妹が……実は、おふくろが出て行った後、遠縁に預けられていたのだけど、親父が生きている間は、時々、遊びに来ていて……」

「そうなのか。調べ書きには、妹のことは何も書いてなかったからな。ということは、今でも、会っているのか？」

「俺も忙しいし、年に一度か二度です。川越の商家に嫁に行ってますので」

「商家……何というお店《たな》だい」

「妹に言うのですか」

「そりゃ実の兄が、まあ親切が仇《あだ》になったとはいえ、人を一人殺《あや》めたのだ。知ってて貰わなきゃ、いけないだろ」

「でも……」

「縁者も処罰されると案じてるのかい？　だったら余計な心配だ。八代様の御治世から、そんな野暮な慣わしはなくなってるのは承知しているだろう」

「けど、お店の人に知られたら、やっぱり、おかよは居辛いと思いやす。いや、離縁されるかもしれねえ」

「妹思いなんだな……」

「何ひとつ、兄らしいことはしてやっていやせんので」

と弥八は己を嘲笑する笑みと一緒に、妹を愛おしむ目になった。

「今のところは、俺の胸の中にしまっておくが、おまえの刑を軽くするためには、親兄弟の嘆願書も、お上の慈悲を引き出すのに効くんだよ。だから、そん時は訪ねるかもしれないぞ。俺は、おまえを助けたいんだ」

その思いが強いのは、逸馬にも覚えがあるからである。

子供の頃の話だが、怖い兄さんに絡まれていたぶられたことがあった。喧嘩が強かった逸馬だが、大人には敵うわけがなかった。でも誰も止めてくれなかった。ただただ見ているだけなのだ。子供心に逸馬は、

――黙って見ている奴の方がズルい。

と胸の奥深くに刻んだものだった。

だから、素早く娘を助けた弥八の行為を褒めてやりたいくらいなのだ。女を救いたい一心で手をさしのべようとしたら、相手がたまさか倒れて頭を打っただけだ。弥八に悪意はまったくないのだから、救ってやりたい逸馬の感情は当然だった。

「話は変わるがな。あの夜、おまえは何処へ行ってたんだ？」

「何処って……」

「わざわざ両国橋西詰まで来て……誰かと遊んでいたのか」

「誰とってことはありやせん。ただ、ぶらぶらと」

「若いんだから、遊ぶのは大いに結構だが、誰か、おまえの気っ風のことを話してくれる者がいると有り難いンだがな」

「嘆願のためですか」

「それもあるが、とにかく死んだ又兵衛という男は、色々と面倒を起こしてる奴なんだ。だから、少しでも、おまえに有利になることがあればと思ってな」

「面倒を起こしてる奴……なのですか」

「うむ。詳しくは言えぬが、勧進札というのを扱って、濡れ手に粟の儲けをしていた奴らしい」

逸馬の言葉に、弥八は驚いたように目を動かして、やり場がなさそうだった。

「どうした。おまえも勧進札のことを知っているのか？」

「噂には……でも、俺みたいな貧乏人には縁のない話で、へい」

卑屈そうに背を丸めたとき、定町廻りの原田健吾が近づいて来て、ちょっと話があると手招きした。だが、仮にも、お白洲に出す咎人を放置しておくわけにもいくまい。牢に戻してから、表に繋がる廊下に出ると、

「藤堂様……弥八には、かなり入れあげていた女がいるそうです」

「女？　ま、それくらいいても不思議じゃないが、どこの誰だい」

「それが両国橋西詰の水茶屋『笹舟』に奉公している、喜代という女です」

「笹舟なら、事件があった所から、そう離れていないじゃないか」

逸馬の胸の中に、俄《にわか》に嫌な苦みが広がった。

「喜代という女は、生真面目な弥八のことをさほど好きではないらしく、ただの客の一人として接していたようなんです。それどころか、あるお店の番頭に引かれることが決まっているんです」

「確かなのか？」

「はい。私は、これでも藤堂様のためなら、犬となって働きますから。上役の白石様には叱られっぱなしですけれどね、おまえは吟味方の同心かッて」

調子よく言う健吾の肩を摑んで、逸馬は焦ったように、

「おい。まさか、幻のように消えた女が、水茶屋の喜代とやらで、引く番頭ってのが、又兵衛じゃないだろうな」

と声を殺して言った。

「は、放して下さい藤堂様……そんな、できすぎた話がある訳がありません。それじゃ、まるで、弥八が女を奪われた嫉妬で殺したみたいじゃありませんか」

嫉妬で殺したという言葉に、逸馬はギクリとなった。そのようなことを考えていたわけではないが、改めて驚いた。

「――そうではないのだな？」

「はい。引いた番頭とは、上総一宮《いちのみや》の醬油問屋の番頭らしいです。江戸に遊びに来て

いて、一目惚れでね」

「常磐屋の又兵衛は関わりないってことか」

「そうです。岡惚れしていて、殺したい相手は、むしろ、その醤油問屋の番頭というわけだな……しかし、その喜代という水茶屋の女は気になるな」

「でしょ？」

と健吾は嬉しそうに頷いて、「藤堂様に、自分の頭で考えろって、しょっちゅう言われてますから、少し考えてみました」

「うむ。その喜代が、幻の女、だとでも言いたいのか」

「あれ、分かりました？」

「だったら、姿を消すことはないだろうし、野次馬たちの中に一人くらい、知り合いがいたっていいだろう。目と鼻の先の水茶屋に奉公してるんだから」

「そりゃ、そうですが……」

逸馬は励ますように、落ち込む健吾の背中を軽く叩いた。

「ま、気が済むまで調べてみることだな。いずれにせよ、姿を眩《くら》ました女を探さないと、本当の事は分からないだろうからな」

四

『常磐屋』は浅草蔵前の札差の中では、小さな店であった。二百石以下の旗本や御家人を扱っている、奉公人も二十人足らずの札差だが、二番番頭がいるということは、やはり主人の弟ということで、特別な扱いを受けていたからである。

逸馬が訪ねたとき、主人の菊右衛門は、押し寄せている、見知らぬ客の対応に追われて大わらわだった。見知らぬ客とは店の取り引き相手ではなく、又兵衛が関わっていた勧進札の換金を求めに来ていた客である。

「どうか、これでご勘弁下さい。この勧進札がどのようなものか、私どもは分かりかねるのでございます」

と菊右衛門はおよその利益分を、又兵衛に成り代わって払うことで、勧進札を金銭に交換しているのだが、そんなものを払い続けていたら、あっという間に身代を失ってしまうであろう。しかし、菊右衛門は自分の知らなかったこととはいえ、弟のやらかした不始末は兄の責任でもあると、できる限り誠意をもって対応していたのである。

だが、客の方が充分に納得しない。

「こんな端金《はしたがね》じゃ困る。あんたの弟はもっと金になる。一両が五両、いや十両になると言ったから、私たちは買ったのだ」

と物凄い剣幕で押し寄せてくる。

これでは、勧進のための寄附ではなく、小豆や麦などの相場と同じで、商売と化しているではないか。勧進札を出した神社や寺の方にも問題があると言えるが、すべては勧進札の元締に任されているから、神社仏閣の方は知らぬ顔だ。だから、換金の攻撃の的は、〝実質の運営者〟である又兵衛のもとに来るのが筋なのである。そもそも、損はしないように『常磐屋』が保証すると、又兵衛が言っている。口約束とはいえ、大金を払った者たちは、少しでも損を回避したいのである。

「おい、待て待て」

と逸馬は、押しかけている人々の間に割って入った。黒羽織に紫の十手。一見して、町方与力と分かるいでたちに、町人たちは憤りを抑えて見守った。

「おまえたちの気持ちはよく分かる。だがな、そもそも勧進とはなんだ？　金儲けのためにしてるんじゃないだろう。まあ、待て。又兵衛が、おまえたちを騙して、金を稼いでいたとしたら、後で、お上が篤と調べをつけてやるから、ここんところは引き下がれ」

「でも、旦那。あっしらは、なけなしの金をですねえ」

「分かってるよ。だから、なんとかしてやるから、今日のところは帰れと言ってるんだ。又兵衛はこの常磐屋の二番番頭には違いないが、札差の仕事でやったことではない。いや、又兵衛よりも、もっと上に悪い奴がいるに違いない。そいつを引きずり出すまで、しばらく待て。よいな」

押しかけて来ていた人たちは、文句を言いながら、渋々、帰って行ったが、このまま放置していては、打ち壊しもしかねない勢いだ。

「困ったものだな……」

と情けをかけた顔で振り返ると、菊右衛門は切迫していた緊張から解き放たれて、両肩を落とした。

「どうも、ありがとうございます、藤堂様」

「ん？　俺を知ってるのか」

「ええ、そりゃもう。北町にこの人ありという、吟味方与力様ですから。うちでは藤堂様の切米手形は扱ってませんが、隣の……」

「ああ、そうだ」

「ですから、立派なお方だというお噂はかねがね、耳にしております」

「そう世辞を言われちゃ、話しづらくなるではないか」

逸馬は腰を下ろして、又兵衛の普段の素行や人間関係を聞こうとした。そのことについては、定町廻りの同心にも話をしたというが、菊右衛門は丁重な物腰で、繰り返しになるがと話してくれた。

「又兵衛は若い頃から、まともに商いの修業はしてません。私とは正反対で、もって生まれた気性や腕っ節の強さから、父や母も苦労をしたようです。地道に働く商人には向いてないようだから、好きなことをさせようとしましたが、何ひとつ長続きせず、悪い仲間とつるんでは、博徒のような暮らしをしていました」

「そりゃ、大変だったたな」

「うまく行ってたときはいいのですが、誰かに騙されたり、金がなくなったりすれば、私に泣きついてきます。まあ、弟ですし、少々のことならと無心に応えていたのですが、やはり、まっとうに働いていない人間は駄目でございますね。すぐ人をあてにして、歯車が狂うと人のせいにばかりする」

「そういう奴だから、歯車が狂うんだよ」

「はい。それでも、私なりに面倒を見てきたつもりですが、きちんとした仕事にはつけませんでした。けれど、どんな弟であれ、死なれてみると……」

と菊右衛門は俄に感極まって、「今はたった一人の肉親でしたから……あんな弟にしたのも、あまり遊んでやらなかった私のせいではないかと……」

「自分を責めるのはやめな。勧進札を操るような立派な男なんだ」

もちろん、立派というのは皮肉をこめてのことだが、逸馬は続けて、「おまえが尻《しり》拭《ぬぐ》いをすることはないと思うぜ」

「でも……」

「本気で供養してやりたいのなら、弟の罪を背負い込むんじゃなくて、裏にどんなカラクリがあるか調べてみることだ」

「裏に？　何かあるのですか」

「それは俺にもまだ分からない。だがな、寺社方の調べでは、諸藩すべての勧進札の〝売上げ〟は、なんと六十万両にもなるそうだ」

「そんなに!?」

「驚き桃の木だろう？　でっかい藩の石高だ。もちろん、その全てが、値上がりを睨んで買った者ばかりじゃない。この勧進札を買値と売値の差額で儲けるための道具に使った奴らがいるはずだ」

「奴ら」

「到底、一人で出来ることじゃあるまい。勧進札は贋物じゃない。本当に、寺社奉行の許しを得て、それぞれの神社仏閣が発行したものだ。いくら又兵衛が札差の番頭とはいえ、その信用だけで人々が、はいそうですかと金を出すわけがない」

「そりゃまあ……」

「米切手が手形として出回るのも、幕府の御墨付があるからだ。勧進札もそれと同じなんだよ」

菊右衛門は一瞬、言葉を飲んで、逸馬の顔をまじまじと見つめてから、

「まさか、寺社奉行の誰かが関わっているとでも、おっしゃるのですか」

「だから、それはまだ分からない。俺の幼なじみが寺社方にいるのでな、その裏を調べているところだ。だが、かなり根が深い。だから、俺は……又兵衛が死んだことが、残念でならない」

「…………」

「どうだ。又兵衛とつるんでいた奴で、この一件に関わっていそうな者に心当たりはないか。誰でもいい。思い出してみてくれ」

逸馬が真剣なまなざしで問いかけるのへ、菊右衛門はあれこれと思いを巡らせてか

ら、一人だけ思い浮かべたようだった。

「牧助なら、知っております」

「まきすけ？」

「はい。前にうちにいた手代で、手代といっても、父が店をやっていた頃からの者ですから、年はもう四十半ばだと思いますが、店を辞めてから、浅草の寅蔵《とらぞう》一家の世話になっているとか言ってました」

「そりゃ、厄介なところに首を突っ込んだものだな」

浅草の寅蔵は、文字通り浅草から神田界隈を根城にした仁侠一家で、上州や武州の博徒たちが身を寄せている極道者だ。もちろん、素人に手を出すような真似はせず、普請奉行などに取り入って、橋梁造りや護岸などの普請に大勢の人足を送って、堅気のような暮らしをしている者もいたが、大きな稼ぎは、開帳によるものである。

開帳とは、寺で厨子などを開いて、めったに拝めない仏像を人々に披露することだが、その縁日に合わせて、あちこちで賭場を開いていた。その胴元として上がりを得ているのが寅蔵だが、数理に長けた牧助が、勧進札に目をつけて、ねずみ講のような金儲け話を吹き込んだとも考えられる。神社仏閣の普請にも関わっていた浅草の寅蔵一家が、暗躍していたことは充分に有り得る話だった。

「常磐屋と牧助との繋がりは、今でもあるのかい?」

「私とはありませんが……又兵衛とも、このところはそんなにつきあってなかったとか。又兵衛は、誰一人として、心を許した者はいませんでしたから」

「そうかい……」

逸馬は菊右衛門から牧助の住まいを聞いてから、

「いいかい、常磐屋。これからは、勧進札を持って来ても、無理に金に変えてやることはないぞ。こんなことは言いたかねえが、勧進に金を出しながら儲けようと思った方もどうかしてる。もちろん、うまい話に乗せて騙した方が悪いが、欲を出すから痛い目を見るのも事実だ」

「しかし……」

「おまえさんは勧進札を後でまた金に替えれば済む話だと思っているかもしれないが、米みたいな会所があるわけじゃない。ただの駒札になるのがオチだから、もし換金に来たら、北町奉行所へ行けと言っておけ」

「お奉行所へ?」

「ああ。そんな人々がどっと押し寄せてくれれば、奉行所も本腰を入れて調べ直さざるをえまいからな」

と逸馬はニコリと笑うと、十手を差し直して立ち上がった。

ふと暖簾の外を見やると、まだ冬至を過ぎたばかりなのに、白いものがちらちら落ちていた。今宵は冷えそうだ。少しばかり、聞き込みに出かけるのが億劫になった。

五

浜町にある牧助の長屋を訪ねていくと、部屋の前に人だかりが出来ていた。がやがやと何か不穏なものが漂っている。

「どうした。何があったのだ」

と逸馬が木戸口をくぐりながら、近づいて行くと、大家らしい老人が驚いたように振り返って、

「これは、与力様……」

羽織に袴、二本差し。裏白の紺足袋に雪駄。八丁堀風の柔らかで長めの着物だから、吟味方与力だと、分かる者には分かる。ふつう吟味方与力は十手を持たないが、町場をうろつく時には何があるか分からないから、鉄扇代わりである。紫の房は、数々の手柄を立てたという証でもあった。

「与力様、かように早いお着きとは……」

と驚く大家を、逸馬の方が怪訝な目で見やった。大家は長屋の住人をどかせて、

「えらいことです」

と長屋の一室に招き入れた。

その土間には、首吊りの死体がぶら下がっていた。天井の梁《はり》に縄をぶら下げ、首を縛りつけて酒樽を踏み台にし、蹴倒したようだった。

「こいつは、牧助か？」

逸馬が尋ねると、大家は意外な顔になって、

「よくご存じで……でも、旦那。今、長屋の者が自身番に走ったばかりなのに、どうしてこんなに……」

「いや。俺はたまたま来たまでのことだ」

「たまたま……」

「ああ。こいつに訊きたいことがあってな……本当に牧助に間違いないな」

「はい。店賃を三月も溜めているので、今日こそはと思って取りに来たら、こんなことになっていて、肝が潰れそうでした」

「ふむ……」

逸馬が踏み込んで、首吊り死体の下に来て検分をしてみたが、この手の自害にありがちな汚れたものはなかった。

「構わねえ。みんなで下ろしてやれ」

長屋の者は少し気味悪がったが、同じ屋根の下に住んでいた者同士である。男たちが数人で取りかかって、縄を外して、ゆっくりと床に下ろした。

「布団に寝かせてやれ」

逸馬の言うとおりに、長屋の人々は動いた。そして、すぐさま枕元に線香を薫き、それぞれが神妙な面持ちで手を合わせた。

その間も、逸馬は長屋の土間から、表通り、猫の額ほどの裏庭、部屋の中や押し入れの中などを検分するように見て回った。

――おや？

逸馬の目に留まったのは、梁の片側についている細い傷だった。丁度、鋸でも引いたように薄い傷が一筋だけ残っていた。

「大家。おまえが店賃を取りに来たのは、今し方だと言ったな」

「はい」

「牧助が生きてるのを、最後に見た者は、この中にいるか」

一人のかみさんが恐る恐る出て来て、

「昨夜《ゆうべ》、夜遅く、少し酔っぱらって帰って来たのを見ました。取り込むのを忘れていた洗濯物を取りに出たときに……」

「一人でか」

「はい。一人でした」

「てことは、昨日の夜中から、今日の昼にかけてってことだな」

逸馬の見立てでは、まだ死後の硬直や死斑などから見て、二刻余りだろう。ということは、逸馬が札差の『常磐屋』を訪ねていた間だということになる。

「なんだか、妙な風向きだぜ。俺が話を聞きたい相手が、先手回しに殺されたってわけじゃあるまいが……」

妙なこともあるものだと、溜息混じりに呟いたとき、健吾が自身番の番人や岡っ引を引き連れて乗り込んで来た。

「あ、これは、藤堂様……」

「挨拶はいいよ。こいつはその梁にぶら下がっていたのだが、可哀想だから、下ろしてやった。辺りをきちんと調べてみな。それから、すぐに小石川養生所の清順《せいじゅん》を呼びにやって、仏を検《あらた》めさせろ」

「はい！」

岡っ引に適切な指示を与える健吾を眺めながら、逸馬はそっとその場から離れた。木戸口の所に、信三郎と八助が立っているのが見えたからだ。

「どうした。千客万来だな」

逸馬が近づくなり、信三郎は顰《しか》め面になって、

「大将。余計なことをしてくれたな」

「どういうことだ」

「奴は今日、俺が寺社方に引っ張って、少々、ヤキを入れながら吐かせようと思っていたところなんだ」

「おいおい、ヤキ入れとは物騒だな」

「ま、いいから、こっちへ来いよ」

と言ったのは八助である。手招きするように表通りに出ると、一膳飯屋に入った。近くの人足が立ち寄るような薄汚い店だったが、煮付けや天麩羅のいい匂いが籠もっていて、しぜんと腹の虫が鳴くような所だった。

逸馬が天丼を頼むと、八助は呆れた顔をして、

「大将……おまえにゃ細やかさとか奥ゆかしさってのがないのか」

「なんだ？」

「人が首吊りをしたのを見たばかりで、よく飯が食えるな」

「町方はこうでなきゃ勤まらぬのだよ」

「そんなものか」

「ああ。昔は、土左衛門を見ながら、飯を食えて一端《いっぱし》の町方だと言われたもんだ。それより、美味《うま》そうな店じゃないか。パチ助、おまえ、カカアの尻の下に敷かれて、まさかの三文亭主か？」

「冗談はいいよ。ここは、牧助がよく出入りしていた店でな、俺が時々、会っていたところなんだ。奴が一番落ち着くからってな」

と八助は、いつになく緊張の面持ちで、声をひそめて言った。

奥にわずか三畳ばかりの小部屋があって、そこは店と隔絶されているから、人に話を聞かれることはなかった。逸馬は、信三郎と二人の容易ならぬ表情を見て、

「どういうことだ」

「大将。町方じゃ、弥八って大工に罪があるかないかって話のようだが、こっちは幕府の役人が絡んでるかもしれない、大カラクリを調べてたんだ。奥右筆でも、その話で持ちきりでな、俺に調べろと大条様からお達しがあって、この二ヵ月、奴に張りつ

いてたんだ、牧助にな」

「その大カラクリとは、やはり勧進札のことか」

「ああ。黄表紙からも聞いたかと思うが、奥は深そうだ。俺も探索のために、増上寺や浅草寺などの勧進札を百両分ばかり買ったのだ……ああ、余計な心配はしなくていい……奥右筆から探索用として出てるものだ。そいつを牧助から仕入れて、懐の中に飛び込もうとしたのだが、あの様《ざま》だ」

「そうだったのか……」

逸馬は長い溜息をつきながら頷いて、「それは俺のせいじゃなくて、おまえの接し方がまずいから、相手に気取られたのではないか？」

「相手？」

「牧助や又兵衛を、操っている奴だ……浅草の寅蔵一家も関わりあるそうだが」

「いや。それはない」

と信三郎が茶をすすって、「奴らは、自分が縄張りにしている寺社について、テラ銭代わりに取り上げてるだけで、勧進札の濡れ手に粟の商売には関わってない」

「やけにハッキリ断ずるじゃないか」

「うむ。ここに、こんなものがあるんだ」

信三郎は懐から、一枚の書き付けを取り出して、逸馬に見せた。

「牧助と小笠原徳内が交わした密書だ」

「誰だ、この小笠原とは」

「大検使《だいけんし》よ」

「なんだと。そんな御仁と牧助が？」

逸馬が驚くのも無理はない。大検使とは、寺社奉行支配の役職で、諸国の寺社の見廻り役として、

——鬼より怖い。

と僧侶たちに恐れられていた存在だった。

信三郎が同じ寺社奉行配下で、吟味物調役という訴訟を扱う文官だとすれば、大検使は武官のようなもので、素行の悪い僧侶や神官を発見すれば、すぐさま捕縛し、取り調べた。その罪科が殺しや盗み、姦淫などという悪辣《あくらつ》極まりない者は、直ちに町奉行所と連携を取った上で投獄。その後に、処刑となった。

僧侶や神官は、人に尊敬され崇められる地位にあるが、いわゆる生臭坊主のように、酒池肉林の悪さをしている者もいた。また、地獄へ堕ちるなどと脅して浄財を集める輩もいたから、寺社奉行は徹底して探索して、処罰したのである。

それは風紀の乱れを正すためである。政《まつりごと》を為す者の心が腐れば、民百姓の働く意欲が減る如く、聖職者が俗物以下に成り下がれば、人々の心が荒廃し、亡国の徒が増えることになりかねないからだ。

町奉行の方が犯罪に関する実行力は高く、権限も強かったが、その分、寺社奉行は徳や人倫について模範であるべき存在であった。ゆえに、ただの犯罪者は刑に服せば贖罪されるが、人の道に外れた僧侶は、その所業ではなく、内心の汚れを裁かれるのだから、真の救いはなかったといってよい。

「この小笠原徳内という大検使が、勧進札を使った悪さをしてるとでも言うのか」

「恐らく……」

「諸国の僧侶が恐れる役人だ。勧進札を発行したことにせい、と一言言うだけで、従ったかもしれぬな。寺が損をするわけではないからな」

逸馬が尋ねるまでもなく、信三郎はその密書なるものを読んで聞かせた。

「勧進札はすべて、『常磐屋』番頭又兵衛の裁量にて扱うべし。その実施と方策は、又兵衛と牧助に任せ、実利はすべて、小笠原に戻すものとする——牧助がこのようなものを書かせたのは、万が一、自分にまずい事が起きたときに、小笠原に責任を取って貰うための守り札だったのであろう」

「しかし、それが効かなかった」

と逸馬は腕組みし唸って、「では、牧助を殺したのは、この大検使の手の者の仕業ということか」

「殺し？　首吊りじゃ!?」

八助が素っ頓狂な声を上げるのへ、逸馬は苦々しく唇を嚙んで、

「梁には一筋の傷が残っていた。あれは死体の首に縄をかけて、引き上げた証だ。おそらく、牧助は誰かに首を絞められて殺され、そして首吊りに見せかけられた。手際よさから見て、殺しの請負人のような奴らの仕事だ」

「そんなことまでするとは……」

八助は唸りながら、「又兵衛と牧助が、大検使と繫がっている一筋の糸を断ち切るため……だったのだな」

「どうやら、又兵衛の死の方も、洗い直さねばならぬようだな」

逸馬は運んで来られたばかりの、バカでかい穴子と海老の天丼に箸を突っ込んで、ばくばくと頰張り始めた。途端、うっと喉が詰まったように固まった。

「どうした。大丈夫か」

信三郎が茶を差し出すのを制して、店の方へ目配せをした。

店内の細い通路の先では、むさ苦しい人足に混じって、茜《あかね》が味噌汁を飲んでいる。

その姿を認めて、信三郎は声を掛けようとしたが、逸馬は止めた。

「前にも、こんな事があったような気が……俺たちは、あいつに見張られてるンじゃないか？　気をつけた方がいいぞ。可愛い顔の下は毒蛇かもしれぬ」

「大将……おまえ、疑り深くなったね。やっぱり、吟味方与力なんかしてるからだ」

信三郎はスタスタと茜に近づいて、一緒に飯を食べようと、急に猫撫で声で鼻の下を伸ばしていた。

六

「藤堂様のご推察のとおり、牧助は殺しの疑いがありました」

健吾は実に初々しい顔で、検死を行った清順から聞いたとおりのことを話した。他に、遺書らしきものが残っていたが、それは筆跡からいって、まったくの贋物だと分かった。かえって、殺しだという証明を得たことになる。

だが、直に手を下した者を捕らえない限り、その上の大検使まで、逸馬の十手を延ばすことはできない。

奉行所の一角、すぐ目の前には、例繰方《れいくりかた》の詰所があって、ひっきりなしに吟味方の同心が出入りしており、その度に藤堂に頭を下げていた。

「ところで健吾、『笹舟』の方はどうだった。水茶屋の女だよ」

「はい。調べました」

「うむ。それで？　何か、弥八との関わりは分かったかい」

「それですがね、喜代というその女は、ちゃんと醬油問屋の……蛎殻町《かきがらちょう》に江戸店があるのですが、早々とそこに入ってます。藤堂様のおっしゃったとおり、関わりはないようです。あの夜も、喜代はその江戸店にいたのを、番頭や手代らに聞きましたが」

「やはり、その女ではなかったか」

「ただ……喜代を尋ねて色々と話を聞いたところ、弥八には妹がいるらしいのです」

「その話なら、弥八の口から聞いたよ」

「あの事件があった夜、どこぞで会うことになっていたらしいのです。事件が起きる前に、『笹舟』に立ち寄って、その話をぽろりとしたらしいのです」

「妹な……奴は、なぜか妹のことを隠したがっていたような気がする」

と逸馬は、弥八と話した時の様子を思い返していた。

「苦労をかける。ちょっと川越まで調べに行ってくれ。奴は俺に話そうとしなかったが、妹の嫁ぎ先は、川越城下の徒歩町にある『八尾《やお》』という青菜や甘藷《さつまいも》を扱っている店だということは調べてある」

「そこへ、私が？」

「調べたいのは、その日、弥八の妹が江戸に来ていたかどうかということだ。喜代の話と照らし合わせてみると、弥八があんな事件を起こしてしまったから、会えなかったはずだ。その時、どうしていたのかとな」

「承知しました。ですが、牧助殺しの方は如何しましょうか」

「俺から、白石様に言っておいてやるよ。今度は、自害に見せかけた殺しだ。ろくに調べもしないで、吟味方に送ってくるわけにはいかないだろう」

「そうですね。宜しくお願いします」

健吾は主人に玉を投げられた子犬のように、ころころと駆けて行った。

「まだまだ甘いな。てめえの頭で考えて、妹のおかよを連れて来るかどうかだ」

と逸馬は見送りながら呟くと、踵を返して、奉行所内の牢の前に行った。

番人が挨拶をするのへ、

「ちょっと離れてくれ」

「は、しかし……」

「何も逃がしたりしないよ」

逸馬が微笑むと、番人は少しだけですよと頭を下げて、話が聞こえなくなる辺りまで退《ひ》き下がった。

牢の奥で黙然《もくねん》としている弥八に、逸馬は優しく声をかけた。だが、返事はない。天井に近いくらいの高い所に明かり窓があるだけだ。格子越しに陽光が射し込んでいるので、太くて歪んだ縞模様が床に伸びている。

「牧助という男を知らないか」

また唐突に尋ねた。弥八はなにかしら、牧助や又兵衛と関わっているに違いないと踏んでのことだった。

弥八はかすかに口元を動かしたが、伏し目がちなままで、先日とは違って、まったく逸馬を信頼していない態度であった。

「おまえがたまさか殺した相手は、この前も話したが、勧進札というものを扱って、金を儲けていた奴だ。早い話が、他人様を騙して金を得ていたんだ。そのカラクリは寺社奉行で引き続き調べているが、酷い奴だとは思わぬか」

「…………」

「利鞘が出れば払い戻すなどと触れ込んで金を集めていたが、とどのつまりは取り込んでいただけだ。盗みと同じだよ。もし、そいつらが捕まって悪事がバレたとしても、恐らく、こう言うだろうよ。『俺たちは、信者から寄附を預かっただけ』『儲かると考えた方が悪い』『信心が足りない。バチがあたるぞ』などとな」

弥八は黙って聞いていたが、どことなく腹立たしげな顔になって、

「何が言いたいのですか」

と不愉快な声を洩らした。

「気がかりじゃねえのか？　おまえが殺してしまった相手がどんな奴か」

「そりゃ……でも、誰を殺したところで、どうせ死罪だ。もう、諦めてますよ」

「だが、おまえが殺したのが、とんでもない悪党だったら、それこそバカみたいではないか。しかも娘を助けようとしたおまえは、まさに犬死にだ」

「ですから、もう……」

「これからだって若いおまえが、どうして、こんな下らぬ事で死罪にならなければならぬのだ。ああ、繰り返しになるが、俺は吟味方与力としちゃ、言ってはいけないことを話しておる」

逸馬は格子から、奥で背中を向けてしまった弥八に声をかけ続けた。

「世の中のダニやクソ野郎は、法に則って裁かねばならぬ。その一方で、おまえのよ

うな善人を、法によって死罪にせねばならぬ。これは、どう考えてもおかしい。しかし、人情が先に立てば、法を都合のよいように変えかねない。下手すれば、目をつぶるということになる。だからといって……」

と逸馬はもう一度、弥八にこっちを向けと呼びかけて、「情けだけで人を裁いていては、逆に、人が情けで法を破ってまで、悪人を助けるということだってありえる」

「旦那……」

弥八は背中を向けたままでポツリと言った。

「もう本当にいいんです。俺は、旦那に助けて貰わなきゃならないような、立派な人間でもなんでもありやせん」

「なぜ、そんなことを言う」

「なぜって……それが事実だからです」

顔を見せようとしない弥八の背中は、己の運命を呪っているのか、それとも他に深い訳があるのか、慟哭《どうこく》するように震えていた。

逸馬は少しずつ傾いてくる格子の影の中でうずくまっている弥八の姿を、いつまでも見ていた。

七

その日の夜、逸馬は寺子屋『一風堂』に来ていた。

仙人は相変わらず、暢気そうに、茜のことを褒めてばかりで、まるで孫娘のように可愛がっている様子だった。

「先生は、このところ、茜のことばかりですな」

「うむ。あの娘のお陰でな、左吉も少しはマシになってきたのだ」

左吉というのは、二親に捨てられた子で、この寺子屋では他の子供の兄貴分として慕われてはいるものの、大人に対してはどこか斜に構えていて、このままひん曲がるか、まともに戻るかの微妙な所に立っていた。

もっとも、逸馬から見れば、男の子なら、どんな奴でも、一度や二度は、大人のことを腹の底から嫌いになることがあるし、信用もしなくなる。なぜならば、大人はずるいからだ。言っていることと、やっていることが違うからだ。それほど、左吉は純粋だということだ。

「俺はね、先生。奴のことはさほど心配してないんだよ」

「そんな事はあるまいて」

「え?」

「もしかしたら、今、おまえが調べておる、弥八とやらみたいに、勇ましく人助けをしたばっかりに、死罪にされンとも限らぬ」

「どうして、そのことを?」

と尋ねかけて、逸馬はさもありなんと思い返して問いかけをやめた。北町奉行の遠《とお》山左衛門尉《やまさえもんのじよう》とは色々と関わりがあるのだから、逸馬のことが耳に入っていても不思議ではなかった。

「逸馬、おまえはその男のことと、左吉を少し重ね合わせたのではないか?」

「ま、少しは……さすがは仙人、見抜かれて恥じ入ります」

「恥ずかしがることはない。おまえがしようとしていることは間違いではない。わしはそう思うておる」

「私がしようとしていること?」

「ふむ……それが分からぬとでも思うてか」

逸馬は曖昧な笑みを洩らしたが、ふと気配に振り返ると、渡り廊下に突っ立っている茜に気づいた。寝間着に丹前をかけた姿のままだった。外はまたちらちらと雪が降っている。

「寒いであろう。ささ、もう寝なさい」

と仙人はとろんとした目で言った。

「あ、はい。声がしたもので、先生に何かあったのかと……只今、茶を淹れて参ります」

「よいよい。ここにあるから」

と箱火鉢の炭にかけた鉄瓶を指して、寝間に帰るように指示をした。その様子を見ていた逸馬は呆れ顔になって、

「孫を見る目ではありませんな。仙人といえども男ですからな。そういえば、若い娘の足に見とれて天から落ちた仙人もいましたな」

「黙れ、ばか」

逸馬は笑ってかわしてから、少しだけ仙人に近づいて、声をひそめた。

「先生……あの茜という娘、少々、気をつけた方がよろしいかと」

意外に真面目な顔になった逸馬に、仙人は訝しげに見やって、

「ふむ。なぜ、そんなことを」

「俺たち……信三郎と八助も、あの娘に見張られている節があります」

「見張られている?」

「シッ。先生に余計な心配はさせたくありませぬが、心を許さぬ方がよいかと」

「おまえの言うことだ……聞くだけは聞いておこう」

「先生……」

「案ずるな。老いぼれても、人を見る目はあるつもりじゃ」

よいしょと立ち上がって障子を開けると、さっきよりも雪が重くなっているように見える。仙人は寒い中、縁側に座ると、

「千山鳥飛ぶこと絶え　万径人蹤《じんしょう》滅《めつ》す　孤舟蓑笠《さりゅう》の翁《おう》　独り釣る寒江の雪——か」

「柳《りゅう》宗元《そうげん》ですね」

「うむ。江雪という詩じゃ。すぐそこの大川に雪が降って、向こう岸が見えぬくらいになると、この詩を思い浮かべる」

「先生も本当は、佐藤一斎先生のようになりたかったですか」

「そういう意味ではない……ま、おまえもわしくらいの年になれば分かる」

そこへ、八助が、裏の枝折戸《しおりど》を開けて入って来た。蓑笠もつけずに、ぶるぶる震えながら、まるで濡れネズミであった。

「パチ助。どうした、こんな刻限に」

逸馬が訊くと、八助はいきなり、焦った口調で、

「牧助を殺した奴はまだ探し出せないのか」

「何があったのだ」

「聞いて驚くな、大将」

「うん。おまえの話は大概、肩透かしをくうから、心配するな」

「真面目な話だ。組屋敷を訪ねたら、いないので、『佐和膳』かここしかないと思って、急いでやって来た」

「そう思われてるのも、情けないがな」

「まあ聞いてくれ……先生、風邪をひいてはいけませんから、中へ入りましょう」

と言いながらも、濡れた羽織を脱ぎながら、自分だけが箱火鉢の前に座り込んだ。

「実はな、牧助の身辺を探っていて分かったのだが、又兵衛という男と、どこで知り合ったか知ってるかい」

「どこでって、牧助は、『常磐屋』の手代だったのだ」

「そんなことは知ってるよ。牧助が『常磐屋』を出た後の話だ。実は、牧助も又兵衛も、三年前の千住大橋の改修に行っていたのだ、大工を手伝う人足としてな」

「千住大橋……」

徳川家康が江戸入りした四年後に架けられた橋で、日光街道の要であった。その後、何十回と修繕や改築をしてきたが、三年前には、大工の源五郎の弟子として、弥八もその場にいたというのだ。

「どういうことだ、パチ助。その普請の時に、又兵衛たちと、弥八は知り合っていた……顔見知りだったというのか？」

「ああ。しかもだ……驚くな」

「またか。さっさと言え」

「弥八の妹のおかよは、その頃、まだ嫁に行く前のことだが、又兵衛にしつこく言い寄られていたんだ」

「なんだと？」

「昼飯を普請場に届けに来るおかよに、又兵衛はちょっかいをかけたんだな。だが、弥八は又兵衛のことが嫌いだった」

「………」

「だから弥八は、又兵衛と喧嘩になって、殴り合いになったことがある。もちろん、腕っ節は又兵衛の方が桁違いに強いから、弥八の方が逆に骨が折れるくらいの怪我をさせられたらしい」

「そんなことは、町方の調べでは出てこなかった。まったく、定町廻りでは何をやってたんだ」

「無理もない。札差の番頭の又兵衛が、商いが嫌になってぶらぶらしていて、人足として働いていたなんて誰も思わないし、普請場の書留を見ても出てないだろう」

「そうだとしても……」

逸馬は積み上げてきたものが瓦解する思いに囚われた。もちろん、弥八には何か隠し事があるとは睨んでいた。しかし、又兵衛と顔見知りで、しかも、又兵衛に自分の妹が言い寄られていたとは、まったく考えてもみなかった。

「そんなことがな……情けないな。俺としたことが、思い込みで調べを続けていた」

「そういうこともあるだろうよ。なにしろ、弥八は妹思い、父親思い、そして大工の親方や仕事仲間も大切にしている若者だ。他人様の金を騙し取る輩とはデキが違うからな」

八助は慰めたつもりだが、逸馬はどうしても己が許せなかった。

「弥八は、端《はな》から、又兵衛と知って、殺しにかかったのかもしれないな……それに、絡まれていた娘というのは、妹かもしれぬ」

「それは、まだ分からないがな」

「俺はてっきり、その幻の女は、どこぞの大店の箱入り娘だろうと思っていた。そんな刻限に出歩いていることが世間に知れたら、評判が悪くなって、嫁入りにも響く。だから、当人はともかく、親が懸命に引き止めているのだろうと思っていた」

「大将……」

「その日、おかよは江戸に出て来ていたはずだ。ということは、やはり妹かもしれない。だから、奴は……弥八は、逃げた女のことを一言も責めようとしなかった。自分の〝無実〟を証《あか》して貰おうとしなかった」

逸馬がそう言うと、八助が不思議そうな顔になって、

「だったら、余計に言うんじゃないかな。兄に殺すつもりはなかったって」

「だが、前にそういうことがあったんだ。仕返しと捉えられかねない」

逸馬は体が震えてきて、「いや、おまえも思うだろう……奴は初めから殺すつもりだったのかもしれない。だから、弥八は、たまさか助けた女のために人を殺してしまったように見せかけた。証人もいる。見知らぬ女のために、不幸を背負い込んだ男になれば、お慈悲があると踏んで」

「……だとしたら、どうする、逸馬」

ポツリと言ったのは仙人だった。しばらく黙っている逸馬を、昔のような鋭い目で

見つめて、仙人は嗄れた声で言った。

「こういうときのために、法はあるのではないのか？」

「法が……」

逸馬はさらに激しく降り積もる雪を見ていた。白い闇が広がってきた。

八

翌朝、江戸は嘘のように晴れていた。

甍《いらか》も通りも、土手も川面でさえ、銀世界であり、澄み渡った青空の遥か遠くには、これまた真っ白な富士山が聳《そび》えていた。

しかし、人々が営みを始めると、途端に土と混じって泥んこになってくる。純白になるのは時がかかるが、汚れるのは一瞬のことだった。

北町奉行所に出仕した逸馬は、表門から玄関に至る砂利道が、白いままだというのに妙に感動しながら、詰所に来たとき、

――心を真っ白にして、もう一度、臨もう。

と心に決めて、詮議所のお白洲に、弥八を連れ出した。

先日の控えの間や牢の前での逸馬とは違って、ぴりっと糊のきいた裃姿の吟味方与力は、威圧的ですらあった。

「さて、弥八。俺も吟味をせねばならぬ立場ゆえな、雑談というわけにはいかぬ。物書同心がきちんと証言として書き留める。嘘偽りなく、正直に申し述べよ」

「――はい」

「では、尋ねる。おまえは、娘が男に絡まれているのを見て、思わず止めに入ったとあるが、さよう相違ないか」

「そうです」

「女は顔見知りであったか」

「いいえ」

「どのような女だったか、覚えておるか」

「とっさのことだったので、はっきりとは覚えておりません」

「では、ぼんやりとは覚えておるか」

「いいえ……分かりません」

「では、男の方、つまり、又兵衛とは顔見知りだったのか」

弥八はわずかに俯いたが、しっかりとした口調で、

「いいえ。知りません」

「本当か」

「はい」

「しかし、又兵衛とは、千住大橋の改修の時、おまえは会っているはずだが」

「いいえ」

「又兵衛は、おまえの妹に言い寄っていたという話だが、本当に知らぬのか」

「誰が、そのようなことを……」

と弥八が不満げに言いかけると、逸馬は怜悧な刃物でも突きつけるように厳しく、

「訊かれたことだけに答えよ」

「し、知りません」

「では、牧助という遊び人を知っておるか。又兵衛と一緒になって、勧進札で儲けていた男だ」

「分かりません」

「先日、おまえに勧進札のことを尋ねたら、よく知らないと答えたな。本当に知らないのか？」

「知りません」

「そんなことはなかろう。おまえの師である棟梁の源五郎は元々は宮大工だった。今でも、あちこちの修繕をやっているらしいから、その札のことはよく知っていて、儲かるからと自分も少しばかりやったと聞いている」

「私は、知りません」

「おまえの父親は持っていたか？」

「いいえ」

「どうして、さような嘘をつく。初めに申しつけたはずだ。ここは、お白洲であるぞ。正直に申せ。でないと、お白洲で嘘をついたことで刑罰を受ける身になるぞ」

「…………」

「どうだ。勧進札のことは知っていたのであろう」

「ですから、噂には」

逸馬は傍らの熟練同心から、数枚の勧進札を手渡された。それを弥八に見せて、

「これは、おまえの父親が買って、それを転売したものだ」

「！　……」

「驚くことはなかろう。おまえも承知しているはずだ。こうして……」

駒札のようなものをひっくり返すと、そこには、裏書きがされてある。誰から誰に

渡したかということを書いてある。最後の名を、本当に勧進した人として、修繕や改築が終わったときに、寺社の帳面に記すためである。

「見ろ。おまえの父親の名だな」

「は、はい……」

「父親は、実は棟梁を通じて、十数両の勧進札を求めた。しかし、思うような値がつかないために、元締の又兵衛の所に、直談判に言った。せめて、元値で買い取って欲しいと」

弥八は黙って聞いていた。白洲の砂利が眩しいくらい白く煌《きら》めいていた。逸馬は照り返しの中で、そっと目を閉じた弥八に、あえて強い言葉を投げかけた。

「おまえは嘘をついていたんだな。この俺が情けをかければかけるほど、腹の中では、このバカ与力、うすのろ与力と思うていたのであろう」

「………」

「だが、それでも俺は、おまえを責める気にはなれぬのだ。なぜなら、おまえの親父は、勧進札のことで、殺されたかもしれないからだ」

明らかに動揺を見せた弥八は、どうして逸馬が、その事を知っているのか不思議そうな顔になった。しばらく、じっと見つめ返していたが、逸馬の口元から短い吐息が

洩れて、

「俺は今朝早く、北町に来る前に、南町にも立ち寄って調べてみたのだ。そうしたら……おまえは何度か、父親の死が不審だと届け出ておったのだな」

「…………」

「だが、まったく相手にされなかった。釣りの最中に、足を滑らせて落ち、頭を打って、それが元で死んだ。弥八、おまえはどうして、殺されたのだと訴え出たのだ？」

弥八は俯いたまま、今更、話しても仕方がないとでも言いたげに横を向いた。逸馬はじっと見据えたまま、

「おまえの父親は、勧進札のカラクリを知ってしまったからだ。そうであろう？　いや、おまえはそこまでは知らぬのかもしれぬ。しかし、父親は勧進札は、ただの騙りに過ぎないと気付いた。人々の信心を利用した騙りだと」

「…………」

「そのことを暴こうとしたのか、あるいは金を返して貰いたかっただけか、父親は又兵衛に近づいた。ところが、深みに入ってしまった。つまり、元締のさらに裏の黒幕まで知ったのではないか？　それを表沙汰にしようとした父親は、殺された」

苦痛に歪む弥八の顔を見ながらも、逸馬は続けた。

「だが、おまえは黒幕など知らぬ。しかし、元締なら知っていた。又兵衛だからだ」

「…………」

「おまえは思った。それこそ、たまさかの事であろうが、妹を手籠めにし、父親を死に追いやった又兵衛を、絶対に許せない。ずっとそう考えていた」

「な、なにを……！」

言い出すのだと弥八は腰を浮かした。

「俺のことはいい。でも、妹のことをそんなふうに言うのは許せません」

「何をそんなにいきり立っておる」

「与力様は妹のことを侮辱しているではありませぬか。妹は今や、人の妻なのです。なのに、そんなことを！」

「控えろ、弥八。それ以上、勝手に話すと、俺とて庇い切れぬぞ」

「構いません。どうせ死罪になるんだったら、それでいい。妹は関わりない！　さっさと打ち首でも獄門でもすりゃいいんだ。ああ、わざと殺したンだ。それでいいだろ！　あいつは、又兵衛は生きてても しょうがない男だ。この世のダニを始末しただけだ。せいせいしたぜ！」

その時、証人溜まりの扉がすうっと開くと、健吾に引き連れられて、おかよが現れた。色白でどことなく儚《はかな》い目つきをしていた。

「あんちゃん、もうやめて」

「おかよ……」

吃驚《びっくり》して振り向いた弥八の脳裡には、すべてを知られてしまったという思いがよぎった。半ば浮かしていた腰を落として、悔しそうに拳を握った。それを砂利の上に突き立てるようにして、うっすらと血が滲むまで叩きつけた。

「おかよ……どうして来たんだ、こんな所に……おまえには関わりないことだ」

「そんなことない。あんちゃん」

「くそう……俺たちは、なんてついてないんだ。くそう、くそう！」

「本当ね。私があんちゃんに、両国橋広小路の見世物小屋に連れてってなんて言わなかったら、又兵衛に会わなかったかもしれない。そしたら、私もあんな事をしようとも思わなかったかもしれない」

「言うな、おかよ」

「いいんだよ、あんちゃん。私……又兵衛を殺したかった。本当に殺してやりたかった。おとっつぁんもあんな目に遭わせたんだから、あんな奴……」

兄の顔を見て、抑えていた感情が溢れてきたのか、おかよはお白洲に座るなり、崩れるように泣きはじめた。

「又兵衛は私を見て、また抱いてやるなどとからかいました。しかも、おとっつぁんを殺したかもしれない人だ。そう思ったら、どうしても……だから、私はあの男を路地に引き込み、嫌がらせをされているように他の人たちに見せつけてから、あんちゃんに助けに入って貰った。だから、本当は……」

「しかし、おかよ。弥八は殺すことなんかできなかった。奴はただ、勢い余って自分で滑って転び、頭を打って死んだのだ」

「でも……私は殺そうとしたんです。なのに、あんちゃんは自分が身代わりになるって、おまえは黙ってろって……」

再び泣き出したおかよは、何度も何度もしゃくりあげて、喉元が震えていた。

「泣かずともよい。おかよ……」

逸馬の黒い瞳に潤いが滲んできて、しみじみと兄妹を見つめていた。

九

南町奉行の鳥居耀蔵に面会を求めた逸馬は、すんなりと許され、数寄屋橋御門内に来ると、役宅の方に通された。表が奉行所で、奥が私邸となっているのだ。

「藤堂逸馬か。おぬしのような人材が、南町に欲しいくらいだ」

皮肉とも取れる言い草で、鳥居耀蔵は神経質そうな顔を向け、用件を聞いた。事前に内与力《ないよりき》を通じて伝えていたはずだが、惚《とぼ》けるところが鳥居流である。

「私だけではなく、後で、寺社方と奥右筆からも証人が来る手筈になっておりますれば、その者たちの話を聞いた上で、善処をして戴きたく存じます」

「堅苦しいのはよそうではないか」

鳥居はそう言いながらも、警戒していることが、逸馬にはよく分かる。

この奉行には何度か煮え湯を飲まされたことがある。せっかく死罪にまで追いつめた殺しの下手人を、南町で取り調べるふりをして逃走させ、その後わざと成敗したり、牢屋敷まで行って直に接した下手人を自害に追い込んだりした。いずれも、公儀の秘密に関わっている節のあった咎人で、鳥居が抹殺したとしか思えなかった。

また、ある時には、幕府転覆を企てる輩を殺しの罪に陥れて、強引に獄門台に送ったこともある。いずれも法に則った裁きだが、実情は、幕府に不都合な者たちを抹殺することに他ならない。まるで、法は自分の不行跡を隠すための鎧《よろい》のように見えた。

「こちらも堅苦しいことは抜きにお話ししたい。鳥居様の哀れな人を助けたいと思うお情けに縋りたく参りました」

これも皮肉である。逸馬は目を逸らさぬまま、本題に入った。

「お奉行もご存じの勧進札についてでございます」

「うむ。それについては、南町でも色々と調べておる」

「ならば話が早うござる。勧進札を利用して、嘘の儲け話をでっちあげ、人々からなけなしの金を巻き上げた輩がおります」

「嘘？」

「ええ。まったくの出鱈目でございます」

「しかし、改築や修繕によって開帳が叶い、莫大なお布施が集まったから、幾ばくかの返金があったに聞くが」

「信じ込ませるために、ある程度のことはしたかもしれませんが、ほとんどの者はただただ金を出しただけにございます」

「さよう……だが、儲けがなくとも、元々、信心から出した金ゆえな、戻って来なくても損とは言えまい」

「そこが、奴らの目のつけどころです」

と逸馬はわずかに背筋を伸ばして、鋭い視線を向けた。

「たとえば病に弱っている人、肉親の縁に薄い人、思わぬ不幸が度重なって起こる人たちは、藁にも縋りたい思いで、神仏に縋り、わずかばかりのものでもお布施をして、御利益を得ようと思います。ひ弱な心よと笑うことは容易ですが、みな必死なのです」

「…………」

「だから、ただの御利益ではなく、実際に金として舞い戻ってくると信じれば、それに賭けたくなるのも人の情けというもの。そこに付け入って金儲けを企むことが、人として許せないのです。違いますか、鳥居様」

「まったくもって、そのとおりだ」

「中には、身代をすべて預けてしまった人もおります。それを見て、欲惚けと罵り、自業自得だと嘲《わら》笑えましょうや。騙された方が悪いのでしょうか」

「いや、そうは思わぬ」

「でしょうとも。鳥居様なら、そうおっしゃると思いました」

と逸馬は微笑んで見せながら、「先日、その勧進札を扱っていた元締の又兵衛が、通りがかりの弥八という大工と揉み合っているうちに、過って転んで死んでしまいました」

逸馬はあえて、父親殺しについて、南町で門前払いされた弥八という若者だ、ということだけは強調した。

「しかし、図らずも……その事件がキッカケで、北町が動いたところ、大変なことが分かったのです」

「何がだ」

「この『常磐屋』の二番番頭・又兵衛とその仲間の牧助が、勧進札に深く関わっていて、その後ろに……」

「………」

「こんな人を騙す輩がのさばる浮き世を、まっとうにするのが、お奉行をはじめ、我々役人の勤めではございませぬか？」

「さすがは北町に藤堂あり、と言われるだけのことはあるな」

と鳥居は頷きながらも、目は冷静なままで、「しかし、その又兵衛と牧助なる者は既にこの世にはおらぬ。まさか、生き返らせて証言をさせる訳にもいくまい」

「いいえ。そやつらがおらずとも、立派な証人がおりますぞ」

逸馬が合図の声を送ると、既に廊下に控えていた信三郎と八助が入って来た。それぞれが身分を名乗って、勧進札がいかに出鱈目なもので、騙りに過ぎないかという説

明をした後、

「本当の黒幕は、大検使の小笠原徳内でございます」

「小笠原……」

鳥居は少し驚いた顔をしたが、すぐに平然となって、「そやつが黒幕とはどういうことだ。納得ができぬ」

「そうですか?」

と信三郎は身を乗り出して、評定所に上げる書類の一切を見せた。

「ここには、この大検使が訪ねて廻った寺社が記されております。そして、その寺社と発行している勧進札がまったく一致しております。一部の寺社に問い合わせたところ、大検使の小笠原様の言うことに従わなければ、あらぬ罪をふっかけられて、南町奉行所送りとなる。そして、小伝馬町牢屋敷に送られるハメになるから、言いなりになるしかない。だから、小笠原様に求められるがままに、色々な口数の勧進札を発行し、手渡したと証言しております。それを、儲かると称して、売り捌いていたわけです。もちろん、ほとんどすべては自分の懐に入れて」

「そんなことを、な……」

「如何でございましょう。これを、評定所に上げて、審議願えますか」

信三郎は威儀を正して問いかけた。寺社奉行吟味物調役としての務めであった。そして、八助は、奥右筆の代参として、次回の評定所の〝裁判長〟として、鳥居耀蔵を命じたのである。

「承知つかまつった……しかし、何故に、私なのかな？　遠山奉行が評定役頭をしてもよさそうだが」

鳥居が訝しげに言うと、

「僭越ながら申し上げます。大検使の金の流れは、まだ何処か分かりません。揉み消されてはまずい。だからこそ、奥右筆の大条様は鳥居様にお願いしたのでございます」

と八助が厳しい口調で言った。もちろん、揉み消せる立場にある鳥居を牽制してのことである。裁く側の長になれば、他の評定衆を前にして、曖昧に済ませるわけにはいくまい。その言質《げんち》を、逸馬は事前に取っておきたかったのだ。これはまた、遠山奉行の狙いでもあった。

「そして、これまた余計な事ですが、勧進札などというものは、今般の処理をした後は無くして戴きたく存じます。ねえ、鳥居様……」

と逸馬は俄に砕けた調子になって、「信心は心の中のこと。たとえ一文でも、てめえで出来るだけのものを賽銭箱に入れりゃ、それでいいんじゃないんですか？　手形みたいに、銭金の代わりにしちゃ、いけませんよねえ」

「さよう。しかと受け止めた」

鳥居の力強い言葉を聞くと、逸馬たち三人は、丁重に頭を下げて退出した。

その足音が遠ざかるのを確認するような間があって、音もなく襖《ふすま》が開くと、隣室から一人の女が入って来た。私邸の小女《こおんな》のような身軽な小袖姿だった。

それは……茜であった。

「どうなっておるのだ。あやつらは、このわしを陥れようとしているのか」

「そうではないでしょう。私の見たところでは、ただ図らずも罪を犯した者に情けをかけ、大検使のような酷い者は懲らしめたかったのだと思います」

「黙れッ」

「申し訳ございません」

とすぐさま平伏した茜を、鳥居は憎々しい目で睨んで、

「おまえは、あやつら三人の師を見張っておればよいのだ……仙人などと呼ばれて浮かれておるが、あやつは幕府にとって、まさに危険な男なのだ」

「は、はい」

頭を床につけたまま、茜は鳥居の怒りを感じていた。その脳裡にちらりと、
——独り釣る寒江の雪……。
と吟じていた仙人の皺が刻まれた顔を思い浮かべていた。

第四話　冬の蝶

一

牢屋奉行から、火急の用だからすぐに来て欲しいと、報せを受けた藤堂逸馬は、吟味中の事案を置いて、駆けつけた。

逸馬はまず、小伝馬町牢屋敷内にある牢屋奉行の役宅に案内された。四百坪ほどの殺風景な屋敷である。職務柄、花鳥風月を楽しむような庭造りなどはできないのであろう。

奥座敷に入ると、既に石出《いしで》帯刀《たてわき》が待っていた。さすが、〝囚獄〟である。威厳ある態度で、いかにも海千山千の殺しや押し込みの咎人たちと毎日、顔を突き合わせている役人だけのことはある。肝も据わっていれば、人の命を背負っているという気概もあった。

牢屋奉行は代々、石出家が務めており、帯刀と名乗っていた。元々は徳川家康に仕える三河武士だったが、関東に来た折に、盗賊を追捕《ついぶ》する役職を与えられ、後に牢屋奉行とされたという。

町奉行支配で、蔵米わずか三百俵の下級武士で、不浄役人であるがゆえに、江戸城に入って将軍に拝謁できる身分ではなかったが、老中や三奉行で構成される、幕府の最高決定機関であり裁判所でもある「評定所」には列席できたから、犯罪に関わる大切な役職であった。

「吟味方与力の藤堂殿にお出まし願ったのは他でもない。死罪を申し受けた咎人が、貴殿に会いたいと」

「咎人が？」

「うむ。おけいという遊女を殺した咎で、既に死罪が決まっている、勇次という錺《かざ》り職人だがな」

「はい。その男なら、たしか一月《ひと》程前に、南町で沙汰が出たと覚えておりますが」

殺しの容疑のある咎人は、たとえ真夜中であっても、お白洲で尋問を受ける。そして、直ちに捕縛した同心が中心となって、調べ書きを作り、すべてが間違いないと確認をした上で、奉行所内の牢に入れておくのだ。

そして、吟味方与力に引き渡されて、いわば予審が行われる。〝吟味詰り之口書〟という供述書が書かれて後、改めて、町奉行直々によるお白洲が執り行われるのだ。町奉行場合によっては、吟味方与力が親身になって問いかけてくれるのに対して、町奉行はやはり大身の旗本であり、幕閣の一人であるから、その態度は、町人ならず同じ武士でも震えるくらい怖いものだ。

結審すると、処刑は即日行われるのが通例であった。しかし、まだ先に判決が出ておりながら、処刑されていない者が牢屋敷の中に留め置かれているので、順番待ちということである。将軍家の慶賀があって、そのために一月以上遅れていたという。

「だが、その遅れが、咎人の不安を益々搔き立てる。さっさと処刑されれば、それでいいのだが、日に日に延ばされると、恐怖が膨らんでくるのだ」

と石出は咎人の思いを代弁するように言って、逸馬に最期の願いを聞いてやって欲しいと頼むのだった。

「最期と言われましても……私は吟味を担当していませんし、面識もありませぬ。何故、私に会いたいのでしょうか」

「それが分からぬのだ。もちろん、本来ならそんな勝手は許されますまい。だが、この牢獄にあっては、死に行く者の切ない思いを少しでも汲んでやるのも、身どもの役目と心得ておる。もちろん、遠山様の許しも得ているゆえ、ご足労願ったのだ」

即刻処刑にならずとも、正式に沙汰が出てから長くて五日以内には実行しなければならない慣例がある。勇次という囚人は、運がよかったのだ。ぎりぎり首の皮が繋がっているところで踠《もが》いているのかもしれない。

首の皮といえば、首斬り役人の腕によって、囚人は楽に死ねるし、逆に悶死しなければならないこともある。首斬り役人は、山田浅右衛門と決まっており、この名は世襲されていた。

しかし、山田浅右衛門は、町奉行所の正式な役人ではなく、身分は浪人、〝将軍家御試御用役〟というのが肩書きだった。それでも幕府から禄を食《は》んでいたわけではなく、刀剣目利きとして、幕府の庇護のもと商いをしていたのである。

浅右衛門は何気ない雑談をしているうちに、スパッと首を落とすから、咎人は恐怖が高まる前に、何も苦しまなくて絶命したという。しかし、そんな噂を牢内で聞いている囚人にしてみれば、

――いつ来るか。いつ殺されるのか。

という思いだけが昂《たかぶ》って、自決しようとしたり、逃げられぬと分かっていて足掻い

たりするという。

「この勇次とて同じ気持ちであろう。何故に、貴殿を呼んだのか、藤堂殿がその目で直に確かめてやって欲しい。それで、奴の心が落ち着くのなら、それでよかろうと」

「なんだか重い気分になりますが……ま、これも吟味方与力の務めと割り切って、会ってみましょう」

そのまま、拷問部屋に逸馬は行った。もちろん、拷問をする訳ではない。しかし、死罪が決まった者とて、他の未決囚と同じ大牢に入っていた。そこで話すわけにもいかぬので、特別に移されて来たのだ。

縄などはつけていないが、逃げにくいように足には枷《かせ》と錘《おもり》をつけている。かえって恐怖が湧き起こってくるような状況だが、それでも勇次は藁にも縋る思いなのか、逸馬の顔を見るなり、

「旦那が、藤堂逸馬様ですか……ああ、一目、お会いしたかった……」

とまるで、長年憧れの贔屓《ひいき》の役者にでも会ったかのように顔が綻《ほころ》んだ。錺り職人らしく、器用そうな手をしていて、男にしては体つきが華奢《きゃしゃ》だが、芯は強そうな目をしていた。

「どうして、俺を？」

逸馬が淡々と尋ねると、勇次は深々と頭を下げて、

「わざわざ来て下さって本当に嬉しゅうございます」

「俺を名指ししたのは、訳があるのか？」

「前に何度か、旦那のお名前は聞いたことがあります。人の情けが分かる与力様だと」

「そうでもないよ。特に、殺しをした奴には、なんであれ厳しくしているつもりだ」

「でも、同じ牢に入っている者たちは、旦那に吟味されてよかった。たとえ、死に行く身だとしても、心を洗ってから行ける。極楽に行ったら幸せになれるって、そりゃ感謝をしている者ばかりだ。だから、あっしも、そういう思いになりたいと……」

逸馬が覗き見るように勇次の体を探ると、あちこちに生傷が多くて、拷問を受けたことは間違いなかった。

——もしかしたら、こいつは拷問によって、やってもないことをやったと白状した。だから、取り消したい。

と泣き縋ってくるのかと、逸馬は勘繰った。しかし、そうでないことは、すぐに分かった。勇次自身が、こう語ったからである。

「どうか、藤堂の旦那……ある女が、今、どんな暮らしをしているか、それだけを調

べてくれませんでしょうか」

「ある女？」

「以前、惚れ合って、祝言を誓っていた女なんです」

勇次はそう言うと、わずかに遠目になって、半ば潤んだ声で、「お光《みつ》という娘で、京橋にある油問屋『清洲屋』という店の娘なんです」

「お光……」

「へえ。むちむちとして、なかなかの別嬪で、ナントカ小町と言われて、絵師に描かれたような娘でね、擦れ違った男が必ず振り返るような色香がありまして、あっしの自慢の女でした」

のろけてみせる勇次は、五日後に処刑が待っているとは思えぬほどの、落ちついた笑みを洩らした。

「それくらいの事なら、石出奉行に頼めば、消息や安否くらいは教えてくれるのではないか？」

「それが……」

と今度は俄《にわか》に暗い表情になって、「お頼みしたものの、駄目だと言うのです。いや、一度は、調べてくれたのですが、なぜか店も畳まれたらしく、その後のことは一向に報せが来ないのです」

「…………」

「俺がこんなことになったせいで、世間から酷い目に遭ったのではないか、それで江戸から離れなきゃならないハメに陥ったのではないか……そんな事を考えていると、あっしは夜も眠れなくて」

「おまえの、そのお光とやらを思う気持ちは分かるが、知って何とする。かえって未練が増すのではないか？」

「大丈夫ですよ。もうすぐ、その未練も一緒に、スパッと斬られるのですから。ただ、最期の最期に……顔を見たいんじゃねえ、この手を握って欲しいのでもねえ、どこで、どうしてるか知りてえだけなんです」

「うむ……」

「旦那。初めて会ったのに、こんな事を言うのもなんですが、それだけでいいんです。首を刎ねられる前に、一言……一言でいいんです。お光の様子を、私に教えて下さいやし」

　勇次はそれだけ言うと、もう一度、深々と頭を下げた。その周りにある、笞打《むちう》ちや石抱き、海老責めなどの拷問道具が、いかにも残酷に見えた。行き場のないこの哀れ

な男のために、

——まあ、女の消息くらいなら。

と心の中で呟いてから、逸馬は勇次に顔を上げるように言った。

「できる限りのことをする。だが、もし何も分からなくても怨むなよ」

「ありがとうございやす。これで、首を刎ねられるまで、なんとか心の張りが持てそうです。へえ、ありがとうございやす」

明日に死ぬと分かっていても、たった一滴でもいいから〝寄る辺の水〟が欲しい。人とはそうしたものだと、逸馬は改めて感じていた。

二

江戸時代において、犯罪を意味する言葉は、〝悪事〟であった。非分、非道、罪科、邪曲《じゃきょく》などとも言われるように、犯してしまった行為の悪辣さよりも、その内面である道徳心に対する応報のため、刑罰は厳しかったのである。

勇次は遊女を殺した、とのことだが、その事について、改めて調べ直してみるつもりはなかった。それは南町奉行所の吟味方に対する越権行為であり、何より他の仕事がたまっていたからである。

――お光という女のその後……。

のことであれば、岡っ引を何人か使えば、すぐに分かることだ。逸馬は、貫吉という、その名から思い浮かぶとおり、関取のようにでっぷりとした岡っ引に頼んだ。河原の貫吉と呼ばれるその男は、普段は大川の土手や河原で、釣りばかりしている。岡っ引稼業というものは、遊び人と大して変わりなく、気儘にその日暮らしをしていた。いや、遊び人の方がそれなりの付き合いや上下の関わりがうるさいかもしれない。

その日のうちに、貫吉は下っ引を引き連れて、女の事を調べてきた。

岡っ引は奉行所に入ることができない。逸馬は、その報せを、小料理屋の『佐和膳』で受けた。

たったそれくらいの事で、貫吉が連れて来た下っ引たちをずらりと並べて酒を飲ませているので、

「剛毅だねえ、藤堂の旦那は」

と女将がからかうように言うと、逸馬はまるで岡っ引をねぎらうように、徳利を回してやりながら、

「今日は何がうまいかな、女将」

「金目の煮付だね」

「だったら、それと、イカの塩辛をくれ。それと、こいつらは腹が減ってるだろうから、蛸飯でも炊いてやってくれないか。おまえたちも一度、食ってみろ。ここの蛸飯を食ったら、他じゃ食えないぞ。だが、蛸が入っているだけなのに、なんで美味いんだろうなあ、女将」

「さあねえ、私の情けが入ってるからじゃないのかい？」

と佐和が艶っぽい笑みを投げかけてきた。岡っ引たちが、女将の情けなら、寝床の中でたっぷりと出して貰いたいとふざけると、逸馬が貫吉の頭をコンと小突いて、

「女将は、遠山様のコレだ。知らないぞ、後でどんな目に遭っても」

「えっ。遠山って、あのお奉行様の!?」

一瞬にして、黙りこくった岡っ引たちに、女将は冗談だよと首を振ったが、見ようによっては、どこか肝が据わっていて、只者ではない雰囲気がある。貫吉も小さく見えるほど、恐縮していた。

「通夜じゃないんだから、さ……貫吉、肝腎な話を聞かせろ」

「はい。それが旦那……」

と徳利を杯に傾けたが、貫吉が持つと銚子に見えるし、花びらのような杯もまどろっこしい。逸馬は茶碗に酒を注いでやった。

「こりゃ、どうもすみません。で、お光という娘ですがね、京橋の油問屋『清洲屋』まで訪ねたのですが、なぜか店は闕所《けっしょ》になっているんですよ」

「闕所？　どうして、また」

「近所の者たちに聞いたところでは、主人の恭兵衛が、油問屋組合の金を不正に誰かに融通して、それが焦げ付いたために責任を取らされたとか」

「誰かって、誰に貸したんだい」

「はっきり裏を取った訳じゃありやせんが、貸し付けた相手は、何人かの旗本や御家人の子弟たちで、そん中で一番、偉いというか、身分の高いのは、本多修理《しゅり》という勘定吟味役のご子息でした」

「本多修理様なら何度かお会いしている。その子息は確か……数右衛門だったか」

「へえ、そうです」

「で、そいつらが金を返さないから、お光の父親が詰め腹を切らされたってわけかい」

「というか、南町に捕縛されて、その日のうちに闕所が決まり、数日の後には、身代が没収され、御公儀の蔵に入れられたそうです」

「身代をすべてな」

「はい。あっしらには関わりない話ですが、二千両余りの身代ですから、油問屋てなあ、店は小さくても金は有り余ってンですなあ」

「待てよ……それは、いつの事だい」

逸馬はすべての事案に精通しているわけではないが、それだけの大店《おおだな》の闕所であれば、当然、耳に入っているはずだし、秘密裡に行うことなど無理な話だ。

「もう、二年程前の話ですよ」

「二年!? そりゃ、随分前の話だ……そう言われれば、そんな事件があったような気がするが、なんだ二年も前のことかい」

逸馬は妙な感覚に囚われた。小伝馬町牢屋敷の勇次の話しっぷりでは、つい最近のことであったかのような印象があった。

「で、貫吉。主人と娘はどうした」

「江戸十里四方所払いになった主人の恭兵衛は、身を寄せた先で死んだらしいです。もう随分の年だったしね」

「うむ。お光は」

「それが……」

「なんだ。娘も不遇に陥ったか」

「いえ。前田伴之進《まえだとものしん》という御家人の女房になって、それなりに幸せな暮らしをしているようですよ」

「人の女房に」

「へえ」

「それは、いつ頃、一緒になったんだい。やはり、二年くらい前か」

「いいえ。つい、先頃らしいですよ」

「先頃？」

「前々から、知り合いではあったらしいんですが、へえ、ほんの先頃とか。近所の噂では、その前田伴之進って人が、お光って娘にベタ惚れで、闕所になった店の娘でも構わないって、懸命に……」

「そんな男がいたのか……」

「前田って人のお陰で、お光の父親も死罪になるのだけは免れたってことです」

逸馬はもう一度、つっかかるように喉を鳴らして、訊き直した。

「てことは、二年前から、前田とお光は知り合ってたということか」

「でしょうね」

「その前田って奴は、無役の御家人なのか？」

「旦那……そんなことは、そちらで調べた方が早いンじゃありやせんか？」

「うむ。そりゃ、そうだな」

逸馬はどこか釈然としないまま、貫吉たちに酒を勧めた。

——勇次はただの岡惚れだったのか？　それとも他に訳が……。

しかし、このまま勇次に、お光は人の女房になったと教えるのも残酷な気がする。奴が殺しで捕縛されて、吟味を受け、死罪が決まって牢屋敷に入れられている間に、お光は前田某と祝言を挙げていたことになる。

——なんだか妙な風向きになってきたぞ、おい。どうするんだ、逸馬さんよ。

と自分に声をかけて、心の奥で逡巡するものと、調べ直さなければならないという焦りに似た気持ちとが入り混じって、何とも嫌な苦い酒になってしまった。

三

「前田伴之進なら、直属ではないが、俺の下で働いている。真面目でソツのない奴で、仕事もきっちりしているぜ」

信三郎は浅草寺奥山から更に入った裏手の路地で、逸馬にそう答えた。貫吉から聞いた後、すぐに逸馬は御家人改め帳を繰って調べ、それが寺社奉行支配の紅葉山火《もみじやまひ》の番《ばん》だった。江戸城内の霊廟の見張り番である。ゆえに直ちに信三郎に尋ねてみたのである。

「なんだい。前田を調べて、どうするつもりなんだい。しかも、こんな浅草くんだりまで、呼びやがってよ」

「済まぬな。持つべきものは友だ」

「言葉より、腹に溜まるものの方がいいな」

「一仕事終えたら、そこの『大茂《だいしげ》』でキジ鍋でも食わせてやるよ」

「おう、豪勢だねえ。やっぱり、独り者は違うわい」

「おまえだって、女房と二人だけ。八助に比べれば、お気楽なもんじゃないか」

「大将に言われたかねえや」

「あ、来た……」

と逸馬は、ある料理屋風の店から出て来る一人の女を指した。鉄火芸者のように、小粋に黒っぽい羽織をかけて、濃いめの化粧で、藤の花を象《かたど》った簪《かんざし》を挿している。

その女は左褄《ひだりづま》を取って繁華な方へ歩いて行く。

「あんな簪を作ってたんだろうなあ」

「え?」

「あ、いや、なんでもない……あの女が出て来た店を知ってるか」

「知ってるかって、暖簾を見りゃ書いてるじゃないか、『桜井』ってよ」

逸馬はふざけるなと信三郎の肩を叩いて、

「ここはまだ浅草寺の敷地内だ。そこで、春をひさぐ商いをさせてちゃ、寺社方としても黙ってられないんじゃないか?」

「む? どういうことだ」

粋な芸者風の女を見送りながら、

「あの女はな、何処か座敷にでも行くように見えるが、とどのつまりは遊女なんだよ」

「座敷に行くには変わりねえや」

「そんな女の元締が、あの『桜井』だ。そんな店が、料理屋を装って、浅草寺で商いをしてるとなれば、きちんと始末つけなきゃならないんじゃないか?」

「大将。おまえは、そんな事を探るために、俺をここに呼んだのか?」

「それもあるが、あの店のことをちょっとばかり調べて貰いたい。俺が行っても町方だ。揺さぶりをかけても、ここは寺社地だと口を噤《つぐ》まれては、お終《しま》いなんでな」

「何を探ってるんだ。前田のことと関わりがあるのか」

「まだ分からないが、どうも、しっくりとこなくてな。首の骨と腰の骨が、まっすぐ繋がってない気がしてな」

と逸馬はコキコキと首を鳴らして、小伝馬町牢屋敷の咎人に依頼されたことや、貫吉が調べ出したことを話した。

勇次が殺したという遊女とは、『桜井』の女であることを、牢役人などから調べていたのだ。そこから何かが切り崩せないかと睨んでいるのだ。

「大将……一体、何を考えてンだ？　またぞろ、お情けをかけて、余計な事をするつもりではないだろうな」

「俺にもよく分からない。だが、どうも釈然としない思いに囚われてな」

「おいおい。そんな事に俺たちを巻き込むなよ。こっちも忙しい身なのだ。おまえの下らぬ探索に付き合う暇はないと、しょっちゅう言ってるだろう。もうガキの頃とは違うんだ。つまらぬ正義感はやめにしないか」

「別に正義じゃないよ」

「だったら、その死罪が決まった奴に、惚れ合ってた女は他の男の女房になったと、正直に話してやれば済む話じゃないか」

「そりゃそうだが、身も蓋もないじゃないか。死に行く男に、そんな酷い……ま、寺社奉行所評定所取次役の信三郎なら、杓子定規に出来るかもしれぬがな」

「俺は、帰るぜ」

「そうかい。俺も、おまえをあてにして悪かった」

と逸馬は皮肉ではなく、素直に謝ってから、

「ひょっとしたら、奴は……勇次は無実じゃないのか、そう思ってな」

「根拠はなんだい」

「ないよ。ただ、なんとなく引っかかるだけだ。俺に、あんな事を願ったことが、あいつのたった一本の細い命綱のような気がしてならないんだ」

「待てよ大将。万が一、南町の間違いで冤罪《えんざい》だとしてだ。そのことを証《あか》したところで、一度、決まった罪をひっくり返すのは至難の業だ。しかも、後五日、いや、四日後には打ち首なんだろ？　それが何かの都合で、明日になるかもしれない」

「そうだな」

「だったら、何も言わなきゃいい。お光って娘が他の男の女房になったってことを、

大将が言いにくいなら、黙って処刑まで待てばいいだけのことだ。その勇次だって、ほんのかすかな光が欲しいだけだろうよ」

「分かってるよ」

「大将……おまえは何事も、てめえで背負い込もうとし過ぎだ。関わらないでおくことも大事なんだぜ」

逸馬は微笑して、信三郎の肩をポンと叩いて離れると、『桜井』の暖簾をくぐった。

「いらっしゃいまし」

と品のいい女将が出て来て、「どちら様でしょうか」と丁寧に頭を下げた。まるで、高級な料亭にでも来た雰囲気だ。一見して、町方与力だと分かるが、女将は特段、驚く様子もなく、

「すんませんな、旦那。うちは一見さんは、お断りしてるんですよ」

少しだけ京訛りの鼻にかかった声で、淡々と断る女将に、逸馬は率直に、

「おけいについて聞きたい」

と話しかけた途端、それまで晴れ間だった顔つきが、俄に曇天となった。

「おけい？」

「困ったものだな、女将。わずか一月くらい前のことを忘れるとは、惚《とぼ》けてるんじゃないのかい？　勇次という男に殺された、おけいのことだよ」

「あ、ああ……」

「惚けてもしょうがないだろう」

「その話なら、もう南のお奉行様のお裁きがついたのではないですか？」

「ついてるよ、あと四日で処刑だ」

「………」

「だから、おけいのことを聞きたいと言ってるだけだ」

「私どもには何も分かりません」

「どうして」

「そう言われましても、別にうちで殺された訳でもないし、どこか出先でのことでしょ。私には何も分かりません」

と明らかに話を避けている様子だった。誰かから口止めされている態度にも見える。

「今、出先って言ったな。何処へ出かけているのだ、女たちは。さっきも、小粋な芸者風なのが出て行ったが」

「お芳ですか……色々なお座敷ですよ」

「あれ？　ここは置屋だったのか？　それは知らなかった。こんな暖簾があるから、てっきり料理屋かと思ったぞ」

「旦那……」

と女将は面倒臭そうな顔になって、「町方吟味方与力様とは大層偉いお方ですが、ここは寺社奉行の……」

「ほら、出た。それ以上の事は言わなくてもいいよ。女将を脅すつもりはないが、俺は正々堂々と悪さをしている輩が一番、嫌いなんだ」

「は……？」

「法を犯しているくせに、それの何処が悪いと居直る奴だよ。町場だろうが寺社地だろうが、おまえがやってることは売春だ。御公儀の許しも得ずに、勝手に女を苦界《くがい》に沈める真似をしてる奴に、偉そうに言われたくはない」

「………」

「もっとも、官許だから許されてるってのも、妙な話だがな。また来るぜ……と言いたいが、時がないのでな。こっちで勝手に調べるが、もし、おけい殺しの一件に、少しでもあんたが関わっていたら、覚悟しとくんだな」

それだけ言うと、黒羽織をはためかせるように立ち上がって、その凜とした大柄な体躯で堂々と出て行こうとした。

しかし、庭先にいつの間にか来ていた赤い印半纏《しるしばんてん》を着ている若い衆たち十数人が、逸馬を取り囲んだ。ここは、町場ではない。まるで〝結界〟だとでも言いたげに睨《ね》め上げている。一番後ろでよく顔の見えない男が気になって、体勢をずらすと、そこに立っていたのは、左吉だった。

「おい。こんな所で何をしてる」

「俺の勝手だろ」

「おまえが来るような所じゃない。さ、帰るぞ」

と手を引こうとすると、左吉はサッと振り払って、まるでならず者のような目つきで睨み返した。

「なんで、そんな目をしてるんだ」

「………」

「こんな奴らといて何が楽しい。仙人の所へ帰るぞ」

「嫌だね。俺は、この通り、印半纏を貰ったんだ」

と自慢げに胸を突き出して見せた。桜の花びらをあしらった紋に、『桜井』という崩し字が染め込まれている。どうやら、浅草の寅蔵一家の息がかかっている女侠客が、売春宿の女将の正体らしい。

「なるほどな……左吉。おまえは、そんな半纏がないと、威張れないのか」

「うるさい。あんただって同じじゃないか。町方の十手を笠に着てるじゃないか」

「俺がか？」

「そうじゃないか」

「そうかなあ……そうは思ってなかったがなあ。もし、おまえにそう見えたのなら、俺もまだまだ修行が足りない。一緒に頑張ってやるから、さ、帰ろう。少なくとも、こんな半端な奴らよりはマシだと思うぞ。仙人や千登勢ら仲間も、こんな姿を見たら驚くぞ」

「関わりねえって言ってンだろうが！」

「いいから来い」

と再び腕を掴んだ。

左吉は振り払おうとしたが、今度はどうやっても外れない。逸馬の指が閂《かんぬき》のように肘に食い込んでいるのだ。

「しつこいんだよ、こら」

兄貴分らしい男が、匕首をちらつかせながら、逸馬に近づいて来た。

「とっとと帰れ、このやろう。おけいの事もこれ以上、調べるンじゃねえ」

「なんでだ」

「帰れと言ってンだろうが、この三ピン」

「おい。本当に抜くと、腕をへし折るぞ。それでも構わないなら抜いてみな」

「うるさい、くらえ！」

と兄貴分が匕首を抜いた次の瞬間、左吉の腕を放した逸馬の腕が、千手観音のように動いた。同時、ベキッと兄貴分の肘が折れる音がして、匕首を奪い取っていた。

あっと驚く若い衆たちだが、怒りに任せて、ドッと躍りかかってきた。逸馬は体を左右に揺らしながら、奪い取っていた匕首で、若い衆たちの髷《まげ》や帯をバサバサと面白いように切り裂いた。そして、最後に逃げ腰になる女将の足元に匕首を投げつけて、

「だから、半端な事をするなと言っただろ。今日のところは勘弁してやるが、まだ、ここへ居座っているつもりなら、寺社奉行の吟味の手間を取るまでもない。この俺が叩き斬りに来てやるよ」

そう言うと、「来い、このバカたれが！」と左吉の腕を引いて背を向けた。

四

根津権現の参道から、湯島の方へ向かった二筋目の路地を入った所、ゆるやかな坂の途中に瀟洒《しょうしゃ》な寮があった。

既に薄暗くなった木陰から、貫吉が手招きをして、

「旦那、ここですよ」

と声をかけた。もうすぐ、出て来る頃であろうと言うのだ。

しばらく待っていると、昼間、『桜井』の表で見かけた芸者風の女が、少し気疲れしたような顔で出て来た。

すっかり寒空になって、晴れているのに肌身が冷たくなりそうな夕暮れだった。

「お芳《よし》姐さん」

と貫吉が声をかけると、驚いて振り返った。こんな所で誰か知り合いに会うとは思っていなかったようだ。

「なんだ……貫吉親分かい。ああ、驚いた」

「こんな所で何をしてるんで？」

「親分こそ……」

と言いかけ、もうひとつ人影があるのに気づいて、訝しそうに首を傾げたが、

「おや、昼間の……」

お芳は気づいていたようだった。

「なんだ、分かったのか？」

「そりゃ、旦那程のいい男、めったにいませんからねえ、チラリと目の端っこに入っただけだけど、瞼に焼き付いてますよ」

「大仰だな。俺が町方与力だと分かったから、気を配ってただけだろう？」

「そうじゃありませんよ」

「時がないんだ」

「え？」

唐突な逸馬の言い草に、お芳は何の話か分からないと不安な顔になった。よほど後ろめたいことをしているのであろうか。

「おけいの話を聞かせて欲しい。実はな、女将から、あんたの名を聞いてな……どうだい、その辺りで一杯」

「次の座敷が……」

「大変だな。でも、俺が断ってやったから、付き合ってくれ。おけいのことで話を聞きたいだけなんだ」

「お芳姐さん……この方は、北町吟味方与力の藤堂逸馬様だ。名くらいは聞いたことがあるだろう」

と貫吉が口を挟むと、お芳は小さく頷いて、すぐ近くにある茶店の奥を借りた。

「旦那かい？」

「え？」

「今の寮、だよ」

「旦那、本当は分かってるンでしょ？　私たちは、大金を積まれれば、何処にでも出向いて帯を解くんですよ。その話をしに来たんですか？」

「おけいも、そうだったのか？」

「そりゃそうですよ」

「殺した勇次のことは知っているかい」

「私が？」

「ああ。おまえは、あの店でも古株なんだろ？　女将にも信頼されてて、店の女たちの客も大体把握していると聞いたが」

「勇次さんは……こんなことを言っていいのかねえ……」

とお芳は口を噤んだが、逸馬がさりげなく話しやすくしてやると、南町の取り調べの時にも話したと断ってから続けた。

「私の客だったんですよ、勇次さんは」

「そうだったのか。では、おけいって女のことは？」

「一度や二度は、見かけたことがあるかもしれないけれど、親しい仲じゃないし、お客でもなかった。うちは春をひさぐ店とはいってもね、上野や浅草のケコロと一緒にはして欲しくないんだ」

ケコロとは、飲み屋などの二階を使って、いわゆる〝ちょんの間〟という短い時の間に、慌ただしく交わる娼婦のことであった。それに比べて、『桜井』は大店の旦那や旗本や御家人などを相手にする、いわゆる高級な部類だったのである。

「勇次は、おけいを余り知らない。なのに、どうして殺したんだ？　二人の間に何があったか、知らないか？」

「逆に、こっちが聞きたいくらいですよ」

逸馬が、口書などを調べてみると、おけいは吾妻橋と駒形の間にある『船清』という船宿の二階の一室で、殺されていたとある。

　おけいが先に着いて、その後で、なぜか勇次がその部屋を訪ねて来たのだが、店の女中が茶菓子を出しに行ったときには、既におけいの胸に刃物が突き立っており、そこには血塗《ちまみ》れた勇次が立っていたとある。

「しかし、勇次には、おけいを殺す訳なんぞ、なかったってことだな」

「いえ、そうでもないのです」

「どういうことだい」

「死んだ人の悪口になるけど、おけいちゃん、けっこう意地悪なところがあってね……もちろん、ふざけてのことですが、昔、私と勇次さんとの関わりを、許嫁《いいなずけ》のお光さんに話すと脅していたんです」

「脅して？」

「そこまで大袈裟ではないかもしれませんが、とにかく、話すよって時々、言ってたんですよ。もちろん、本気じゃなかったと思いますが」

「どうして、そんな」

「それは……ですから……」

　とお芳は少し、はにかんだように下唇を嚙んでから、「おけいちゃんは、私と勇次さんが一緒になるもんだと思ってたンです」

「おまえと……」

「はい。でも、私はこういう女ですからね、勇次さんと一緒になっても、本当にうまくゆくかどうかは分かりません」

逸馬は、お芳という女が、心の奥底では勇次に惚れていたのではないかと感じた。しかし、勇次にとっても、お芳にとっても、金が介在しているだけの関わり。お光という、ちゃんとした大店の娘と祝言を挙げるということが決まって、羨ましくはあったが、身を引く潔さを持っていたようだ。

「なのに、おけいの方が、気を揉んで、お光との仲を、引き裂こうとしていたのか？」

「かもしれません。でも、今頃になって……私は、たとえそうだとしても、勇次さんが、人を殺せるような人だとは思えません」

「そのことは、南町では？」

「話しましたが、事実、血塗れた刃物を持って、目の前に死体があったら、無実を訴えても、誰が信じてくれましょうか」

逸馬は、お芳が切実に語る、無実という言葉に引っかかった。

「無実……奴は、勇次は己の無実を訴えたのかい？」

「初めは、自分ではないと言っていました。でも、お縄になって、同心に責められたら、あの状態でもあるし、下手人だと決めつけられても、言い訳は難しいかと」

逸馬が抱いていた、苦々しい焦りに似た思いは、勇次が無実を主張していないことにあった。ただ、祝言までしようと誓い合っていた女が、今どこで、どうしているか、ということだけを聞きたがっていたことに、今更ながら違和感を抱いていた。

お芳に向き直った逸馬は、

「正直に話すが……俺は、小伝馬町の牢屋敷で、勇次に会って、お光の行く末を教えて欲しいと頼まれた……あんたではなく、お光のことをだ」

「…………」

「お光は、おまえも知っているかもしれないが……」

「はい。前田様と一緒になったそうですね」

「前田を知っているのか？」

「知っているも何も……前田様も、私のお客さんでしたから」

「なんだ。まったく、どうなっているのだ」

逸馬は少々、腹立たしく思った。これが信三郎だったら、

「当たり前じゃないか。男と女がぶつかれば、横に倒れてしまう。倒れれば、やることはひとつじゃねえか」

などと言ってはばからないに違いない。しかし、お芳が前田を知っていたとなると、ますます、お光とのことが気になる。

「つまり、おまえは何か？　勇次と前田という二人の男が、お光を挟んで取り合っていたということを、知っていたのか？」

「取り合っていたかどうかまでは知りません。私は、こういう商売をしていますからね。呼ばれれば、どこなと行きますよ」

「どこな、とな」

逸馬がやりきれなさそうな顔をすると、お芳は深い溜息をついて、

「私には、それくらいのことしか分かりません。でも、本当に、勇次さんが、おけいちゃんを殺すなんてことはないと、今でも信じてます」

「もうひとつだけ聞きたい」

「なんなりと」

「前田伴之進という侍は、どうして、お光と知り合って、嫁に欲しいとまでなったのか、知ってるかい」

「だって、お光さんのお父さんには、随分と金を借りてたんじゃないかしら」

「え？　前田が？」

「ええ。他に、本多数右衛門様、杉崎孝兵衛様……何人かいると思いますよ」

お光の父親の恭兵衛が、油問屋組合の金を横流ししていて、立ち行かなくなったことは、貫吉が摑んできていたことと一致する。

「旦那！」

形相が代わったのは貫吉の方である。

「これは、何かありやすよ。『清洲屋』は金を貸すだけ貸して、闕所。借りた方のお侍たちは、何の咎めもないどころか、娘まで女房にしちまってる……こんな理不尽なことはねえ」

「ああ。ただ、恭兵衛は、自業自得だということも考えられるが……そんな裏を取ってる時はねえ。あと三、四日しかないのだ」

「分かってやすよ、へい！　あっしは、その前田様や本多様をはじめ、ちょいと探りを入れてみますッ」

と言うなり、駆け出して行った。

「おい。無茶はするなよ！」

逸馬の声が聞こえたのか聞こえなかったのか、杉木立が並ぶ根津権現の境内を抜けて、貫吉は大きな体を揺らしながら消えた。

「藤堂の旦那……」

「心配するな。よく話してくれた。おまえの周りにも、岡っ引を何人か張り込ませておくよ。事がハッキリするまではな」

五

おけいは誰に何故殺されたのか――。

という疑念を抱きつつ、その夜も過ぎてしまった。

朝、目覚めたとき、こんなに早く時が過ぎるのを怨めしく思ったことはない。

一晩中、貫吉は子分を引き連れて、走り回っていただろうが、その報告を待つだけでも、もどかしかった。

「貫吉が来たら、奉行所まで来いと伝えておけ。奉行所にいなければ、牢屋敷だ」

屋敷の中間に言い含めておいて、逸馬は奉行所に立ち寄り、少しでも勇次に有利な資料を集めてから、小伝馬町に急いだ。万が一、処刑をすることになっても、ぎりぎりまで待ってくれと嘆願するためである。

しかし、牢屋奉行から届いたのは、一日、早まったという報せだった。詳細な説明

がないままに、

　——上からのお達し。

　としか、言わなかった。上からということは、南町奉行の鳥居燿蔵からでしかない。既に、結審がついていることであるし、執行の指図も出ているのだから、いつ処刑されても不思議ではなかった。

「勇次は、無実かもしれぬのだ。牢屋奉行の権限で、一刻でも遅らせてくれ」

と逸馬は繰り返し頼んだが、心許ない返事しかくれなかった。勇次と会いたいと頼んだが、例外は多くは作れないと断られた。

「奉行。先日の態度と違うではないか。俺は、あなたに呼ばれて来たんだ。そして、調べはじめてみれば、色々と探索の齟齬《そご》や間違いが出て来た。今からでも遅くない。俺は、遠山様に頼んで、もう一度、諮《はか》って貰う。だから……」

「待ちなさい、藤堂殿」

　石出は感情を表さない、恬淡《てんたん》とした目で、諭すように言った。

「実は、昨夜、勇次は、俺は無実だ、ここから出せと喚き散らし、壁や柱に顔や体を打ちつけて、血だらけになったのだ」

「勇次が……？」

「そうだ。死刑が近くなると、いたたまれなくなって、自分で自分を傷つけることは、よくあることなのだ。ま、そんなことは、吟味方与力の貴殿は言われずとも知っておろうが、奴の錯乱は尋常ではなかった」

「当たり前でござろう」

と逸馬は言葉を嚙みしめるように、「殺しをしていた者でも、嫌がるに違いない。ましてや、自分がやっていないとしたら、どんな訳があろうとも、覚悟が揺らぐのではないか」

「さよう……しかし、どうしようもない。法で裁かれるのだからな」

「でも、どうしてなのです、奉行。なぜ、突然、そうなったのです。何か、それなりの訳があったのではないのですか」

「うむ……」

「あるのですね」

身を乗り出して尋ねる逸馬に、石出は目を閉じたまま、

「祝言を挙げるはずだった、お光が、前田伴之進という寺社方の侍と一緒になったことを知ったからだ」

「ええ!?」

「それを聞いてから、奴は無実だと叫び始めた。やはり、未練があったのだ」

「待って下さい、奉行」

と逸馬は自分を落ち着かせるように、傍らにあった水甕から柄杓で掬《すく》って水を飲んだ。それでも慌てたせいか、胸元に水が垂れた。

「どういうことです、奉行。私は、そのことを昨日、知ったが、勇次に話すに忍びなくて、胸にしまっておいた」

「貴殿が話さずとも、お光が前田と祝言を挙げたのは事実だ。前田自身から報せて来たゆえな、私から話して聞かせた」

「前田から……？」

「そうだ。お光の事は心配いらぬ。私が幸せにするから、安心せよと慰めにな」

「会わせたのですか」

「いや。そう伝えただけだ」

「馬鹿な……そんな事を聞いて、勇次が喜ぶと思ったのですか」

「お光の行く末を案じていたから、教えてやったまで。だが、当人はやはり、未練が増しただけだったようだな」

「そうではありませぬ」

逸馬はまるで勇次の心の中が分かるかのように、はっきりとした口調で、「暴れたのは処刑が恐いからではない。恐らく、最も一緒になって欲しくない男に嫁いだからでしょう」

「なんと……」

「そうでない人ならば、あるいは納得して、いや満足して死に臨んだやもしれませぬ」

「どういうことだ、藤堂殿」

「とにかく、勇次の事件の裏には、まだ不明なものがあります。是非、是非に処刑は……」

「そう言われても、私にそのような権限はない。命じられれば……実行するまで」

「さようですか」

逸馬は毅然と石出を見つめ返して、「俺が奴に呼ばれたのも何かの縁。いや、今更ながら、実は俺は試されたのではないか。助けてくれとの、最後の賭けだったのではないかと思っているところだ。必ずや、助けて見せますよ」

意地になって語気を強めた逸馬を、石出は半ば呆れた顔で見ていた。

やり場のない怒りを胸に秘めて、牢屋奉行の役宅を出た逸馬は、寺社奉行支配・紅葉山火の番の前田の所へ乗り込もうとした。

　寺社奉行の屋敷の門前に立ったとき、門内から、慌てた足取りで、信三郎が駆けつけて来た。勘定奉行もそうだが、奉行の屋敷が役所を兼ねている。

「大将。何をするつもりだ」

「前田に会いたい。ああ、前田伴之進だ」

「それはならぬ」

　信三郎は事態を承知しているようで、懸命に引き止めた。

「会って何とする。前田伴之進は、おまえも承知しておろう。加賀百万石の前田家の縁者である。我らと同じ御家人でも、ちいとばかり、家格が違うのだ」

「知るものか。俺は元々は町人だ。家柄だの出自などは、俺の物差しにはない。奴の、その腐った性根が気に食わぬのだ」

「待て、大将……どうして、そんなにしゃかりきになる。死罪が決まった者に、なぜ、そこまで肩入れをするんだ」

「俺は別に、勇次という男を救いたいのではない」

「では、なんだ」

「間違った吟味をして、それで良しとしている奉行や与力……いや、その上の評定所、幕閣連中が許せんのだ」

「ならば、尚更、前田を責めたところで、解決はすまい」

「証《あかし》のひとつを得るためだ。奴は何か知っている。『清洲屋』から借財を踏み倒して、知らぬ顔をしている。そして、お光まで手に入れた。こんな奴が許せるか」

「これは、吟味与力らしくない言葉だな。法で裁く人間のくせに、人情が先に走っている。大将らしくない」

「信三郎……忘れたか」

逸馬は静かに深く息を吸い込んだ。己の昂《たかぶ》った気持ちを抑えるような、ゆっくりとした所作だった。

「子、公治長《こうやちょう》を謂う、妻《めあ》わすべきなり。縲紲《るいせつ》の中にあると雖《いえど》も、其の罪にあらざるなりと」

「…………」

「自分の娘子を嫁にやりたい人間だ。入獄しても無実であると分かっている……そんな言葉を孔子は言っている。そんなことを、仙人は教えてくれた。信じている人なら、どんな身になっても、その無実を確信するものだ。それが人の思いだ……遊女のお芳ですら、信じているのだからな。俺はその気持ちを、大切にしてやりたいだけだ」

と、しみじみ語る逸馬だが、信三郎は呆れたように微笑んで、

「しかし、肝心のお光は、愛する者を裏切ったのではないのか」

「…………」

「どうなのだ」

「俺には分からぬ。会って確かめるまでだ」

逸馬は何かに取り憑かれるように、無実の証明をしようとしていた。

「時がないのだ……」

何度も、そう繰り返していた。

六

お光が嫁いだ前田伴之進の屋敷は、牛込見附から神楽坂に登った通りに面し、大御《おおご》番組《ばんぐみ》に隣接していた。幕府から与えられた組屋敷ではなく、加賀藩から拝領した屋敷である。とても御家人が暮らす屋敷ではない。

身分に不釣り合いなことを、当人がどう考えているか知る由はないが、明らかに常

軌を逸しており、上役の寺社奉行が許していることも、同じ役人としては納得ができなかった。周りの人間たちには、

——何処かに、妙な遠慮がある。

と感じていた。あの野放図な信三郎ですら、目に見えない気遣いをしていた。それが逸馬には居心地悪いのである。

門番に取り次いで貰って、お光を呼び出したが、町方の与力と聞いてから門内で、

「会いたくない。追い返して下さい」

と頑《かたく》なに拒否をしている女の声が聞こえた。ますますもって苛立ちを覚えた逸馬は、構わず開いたままの門内に入った。それが何を意味しているかは、逸馬自身が一番、分かっていることだった。

門番が逸馬を押し返そうとするが、その腕をぐいとねじ上げて、

「乱暴をして済まぬ。奥方……いや、お光さん。ひとつだけ教えてくれ。何故に、前田なんかの嫁になったのだ」

「何を無礼なッ」

と門番が声をあらげるのへ、逸馬はその腕をぐいと押さえて、

「俺は、獄中の勇次に会った。会って、あんたの行く末を知りたいと頼まれた」

「え……」

「だが、あんたは、こうして裏切った。そうなのか？　本音なのか」

「………」

「父を陥れた奴の言いなりになるのか」

逸馬がじっと見つめたが、お光はそのふくよかな笑みを返すだけで、言葉は語らなかった。ただ、自分は、お上は信じていない。だから、町方与力に話をするつもりもないと繰り返した。

「どうして、そんなふうに言うのだ」

「——私はもう、前田の妻なのです。たかが錺り職人の勇次さんのことなど、もう何とも思っておりません」

「なんだと」

「それとも、罪がひっくり返るとでも言うのですか？」

「無実だと信じてないのか」

お光はそれにも答えなかった。ただ、じっと逸馬の射るような目を見ながら、

「誰も信じなかったではありませんか。世の中はそういうものです。私の父のこともそうです。自分のせいではないと訴えても、誰も信じてくれず、不遇のうちに死にま

した。はい、世の中とはそういうものです。ですから、私は長い物に巻かれる方を選びました。これ以上、何を聞きたいのですか」

一気に話すと、お光は、銀色に光る涙をぽつりと落とした。そして、口をきりりと結ぶと背を向けて、玄関の方へ駆けるように戻った。

その髪に揺れていた簪は、勇次の作ったものではないのか、という思いに駆られたが、確かめようはなかった。

逸馬は、お光の涙が何を意味するのか考えていた。しかし、今更、どう解釈をしたところで、何も生まれない。とにかく、出来る事をするしかないのだ。

北町奉行所に戻った逸馬は、遠山奉行に直談判をして、刑の執行を止めて貰うように申し出ようとした。しかし、この日は、登城日であって、奉行所には不在であった。

悶々と時が過ぎる中で、逸馬は何とか、勇次がやっていない証を探し出そうとしたが、関わりのある人物すら、充分に把握できていなかった。呉服橋御門内から数寄屋橋御門内まで、何度も往復したが、南町は頑なに捕物帳を見せることもしなかった。既に結審したことを、蒸し返してどうするつもりだ、ということに尽きた。

もちろん、例繰方で前例として見ることはできるが、まだ最近の事件のことなので、整理されないでいた。しかも、判例集のようなものだから、事件の詳細については、やはり捕物帳を紐解かねばならない。

しかし、処刑された後で、幾ら閲覧できたとしても、意味はない。調書《しらべがき》を見ることができても、それを照査したり反論したりする時もない。

――このまま、処刑を待つしかないのか。

逸馬は半ば諦めかけたが、勇次の無実の証明のためには、本当の下手人を捕らえる以外ないという思いしかなかった。

もう一度、落ち着いて考えてみる。

「いいか……『清洲屋』の身代が潰されて、一体、誰が得をしたのだ？　主人の恭兵衛から、借財をして返さないままになった奴らだ……そして、二千両余りの財産を没収した公儀だ……これも勘定奉行で調べればすぐに分かるはずだ」

逸馬は与力詰所の片隅の壁に凭《もた》れて、実につまらなそうな顔で、表を飛ぶ季節外れの蝶々に目をやっていた。

――真冬の蝶々か。

暖かい日が続いているとはいえ、時節を勘違いして生まれたのか、それとも春から長生きをしている奴なのか。

人だけが、死ぬことを知って生きている。

だとすると、今の自分と、牢屋敷内の勇次との差は、さほど変わらぬのではないか。長いか短いかだけの違いで、実は絶望のどん底の中で生きているだけではないのか、という思いに囚われた。

その時、勇次が言った言葉が蘇った。

「これで、首を刎ねられるまで、なんとか心の張りが持てそうです」

と言ったときの、妙に爽やかだった顔だ。その男が、お光が前田に嫁いだと聞いた途端、悶え苦しみ自分を傷つけた。これは、まさしく絶望の底だったのか、それとも、最後の足掻きだったのか。

「勇次が死んで得する奴は誰だ。お光を手に入れることができる、前田だ……では、おけいを殺した奴は、何の得があるのだ。勇次には何の得もないはずだ。他に、誰か関わった奴はいないのか……」

逸馬は色々と思いをめぐらせたが、バラバラの点が、一本の糸として繋がらないもどかしさに打ちひしがれた。にも拘わらず、南町では、

——勇次が下手人。

と断じたわけである。その根拠は、刃物や返り血やその他、諸々の証左はあるのであろうが、一番の問題は、その〝動機〟である。何のために、おけいを殺したのかが、南町でも分かっていないはずだ。

逸馬は、もう一度、事件の場所となった『船清』を訪ねてみた。吾妻橋と駒形の間だから、人の往来も多いはずだ。何か不審なことを覚えている者もいるに違いない。まさに藁にも縋る思いで、『船清』の主人や女将、奉公人たちに、今一度、その時の様子を尋ねたが、やはり、

――もう済んだことだ。もう、あまり関わり合いたくない。

と迷惑がっているのは、あからさまに分かった。それは、やむを得ないことだ。しかし、自分の親兄弟が、死罪になるかもしれないと考えると、少しは情けをかけたくなるのではないか。逸馬はそう訴えたが、

「本当に、もう済んだことですから……うちも、あんな事件があってから客が減ったし、困っているんですよ」

と女将が言う。それはそのとおりであろう。殺しがあった船宿を、わざわざ選ぶ人も少ない。常連ならば、励ましの意味で、使うかも知れないが……と考えてハタと止

まった。

「常連、か」

逸馬は帰りかけた足を止めて、もう一度、船宿の玄関に踏み込んだ。

「女将。殺された、おけいは、常連だったのか？　例えば、ここで客を引いていたとか」

「ばかなことを言わないで下さいな。うちはね、そんないかがわしい宿じゃありません」

とキッパリ断言した。

「あの、おけいって女の人が来たのも初めてのことですよ」

「そうなのか？」

「だから、迷惑だって言ってるんです。『桜井』という遊女屋の女だってことも、後で南町の旦那方の話で知ったことです」

「では、誰を待っていたのだ？　おけいは、誰を待つために、ここに来ていたのだ。南町はそのことすら、調べていないのか」

「誰を待っていたかは知りませんが、吟遊会のどなたかであることは、間違いないと思いますよ。だって、その会の方の紹介で来た。先に待たせて下さいって、そのおけいって人は……」

「吟遊会ってのは、何だ？」

「俳句の会ですよ。吟行をして、後は遊ぶってことで、三月に一度、くらいの割で、うちの船を使ってやってくれてます」

「俳句……その会は、どういう集まりなのだ？　近所の者なのか、それとも俳句好きな旦那衆の集まりとか」

　と逸馬が身を乗り出して訊くと、女将は手を振りながら、

「とんでもない。俳句を作っているかどうかは知りませんが、儲け話はよくしてましたよ。相場だの、何だのと。色々と大変なんでしょう、近頃のお武家様も」

「お武家？」

　米相場や為替を利用して蓄財しているのは商人だけではなく、武士の中にも多かった。特に、公金を無利子で運用できる特権商人は、莫大な金を使って事業に当てることができたし、為替を担保にして金を貸した後に換金をすれば、その差額が利益を生む方法などもあった。武士の中にもそれにならっている者がいた。

「武士は食わねど高楊枝というのは、今は昔の話なのでしょうかね」

「女将……その吟遊会とやらの顔ぶれは分かるかい」

「ええ。大体、いつも同じでしたよ」

と言って、帳場から、宿帳のようなものを出して来た。そして、ある頁を開いて、指して見せながら、

「ほら。ご覧のとおりです」

そこに記されている名を見て、逸馬は愕然となった。まるで連判状のように、ずらりと見知った名が並び、その中には、前田伴之進や本多数右衛門、杉崎孝兵衛ら、油問屋『清洲屋』から金を巻き上げた奴らの名もあるではないか。

逸馬は、しめたと思った。

──この宿帳を残していたのは、天網恢々《かいかい》疎にして漏らさずというやつだ。だが、これが何かを決定づける証拠になるかどうかはまだ分からない。だが、一縷の望みであった、明日への夢に繋がる、ひとしずくの希望であった。

七

仙台堀の船着場の小舟の中で、貫吉の亡骸が見つかったのは、その翌日の朝早くのことだった。大川へ繋がる上ノ橋の近くだった。

背中にばっさりと一太刀の鋭く深い傷がある。

根津権現の近くから、前田や本多らを探ると駆け出して行ったきり、もっと深い何かを調べていると思っていた。鉄砲玉のところがあるが、まさか殺されていたとは思ってもみなかった。

「無茶をするなよ」

と声をかけたときの、貫吉のでっかい背中を思い浮かべた。つい一昨日のことなのに、随分、前のような気もした。

逸馬は貫吉の亡骸に掌を合わせて瞑目してから、

——仇討ちは必ずしてやるからな。

と心の中で呟いた。申し訳ないという思いと、御用とはいえ、大切な命を落とさせてしまったことへの憐れみがあった。

「貫吉……おまえにも女房子供がいたはずだが……何とかしてやるからな。勘弁しろ」

本所見廻りの同心がうろついているが、この一件だけは、北町で差配すべく、逸馬はすぐさま手配りをした。だが、貫吉殺しの下手人探しをしている間はない。明日には、勇次の処刑が行われるかもしれないのだ。

だが、貫吉殺しは明らかに、逸馬の目を逸らせるものであり、同時に、おけい殺しの真相に貫吉が近づいたということを物語っていた。つまりは、勇次を牢獄に送った真の下手人が殺《や》ったということである。

町方が探索をしているのを、遠目に見ている群があった。『桜井』の若い衆たちの赤い印半纏だった。

——奴らが手を下したのかもしれぬな。

片っ端から引っ張って叩くしかないが、これもまた、勇次の事件からは離れてゆくので、原田健吾ら定町廻りの同心に任せるしかなかった。

ふと一方を見やると、またぞろ赤い印半纏を身に纏った左吉の姿があった。

「性懲りもなく……」

と逸馬が近づこうとすると、気づいて逃げ出そうとした。だが、同時に、それを見ていた健吾が気づき、足早に追いかけて、すぐさま柔術で投げ倒して押さえ込んだ。

「こんな所で何をしている、左吉」

「あ、いや……」

青ざめた顔でブルブル震えている。手には匕首を握り締めている。

「何をしてると訊いてるンだ。また、こんな半纏なんか着やがって。どういうつもりだ、てめえッ」

本気で叱りつけようとした逸馬の背中に、赤い半纏が数人、ずらりと並んだ。肘を折った兄貴分が包帯をぐるぐると巻いており、怨みがましい細い目で、

「どういうつもりも、こういうつもりもねえぜ、旦那。あいつの命は、この肘の仕返しってとこだ」

「…………」

「しかも、殺しをやったのは、このガキだ。さっさと捕らえて獄門にしてやんな」

と言ってニンマリと笑うのへ、逸馬は睨みつけてまばたきするように言った。

「違うな」

「なんだと？」

「貫吉を殺したのは、おまえらみたいな三下《さんした》じゃねえ。切り傷、あれは立派な刀だ。しかも、かなりの上物だろうよ。おまえたちが持っているような錆びついた匕首じゃない」

「だから、なんだ」

「しかも、この左吉が殺したなんて……おう。おまえたち、前にも同じ事をやったな？」

「ハア？」

「惚けても無駄だ。誰が殺したか知らぬが、貫吉を殺したのと同じ奴が、おけいに手を下し、おまえたちが後始末をした……勇次のせいにしてな」

赤い半纏たちは、身構えながら、少しずつ間合いを詰めてくる。いつでも飛びかかれる姿勢で、匕首を抜き払った。

「それ以上、近づくな。虫の居所が悪いンだ。怪我じゃ済まなくなるぞ」

「ほう。やれるものなら、やってみな。こちとら……」

「誰がついてるんだ。前田か？　本多か？」

一瞬、顔が強張った赤い半纏のならず者たちは、問答無用で斬りかかってきた。次の瞬間、左吉を突き飛ばして、逸馬は鞘走らせると円を描くように薙《な》ぎ払った。

わずか一拍子の一太刀で、ならず者たちの足が払われた。雪の上で滑ったように転がったが、めげずに起きあがって来る者たちの腕や足の筋を狙って、逸馬の刀の切っ先が唸った。ビシビシと音が立つ度に、腕や足がだらんとなった。

「一生、使いもんにならなくなったな。文字通り、足を洗って、まっとうな生き方をするんだな。今日は命までは取らぬ。だが、次に顔を見かけたら、容赦せぬッ」

ならず者たちは、這いずるように、それぞれが悲鳴を上げながら、逃げようとし

た。その中から、兄貴分だけは踏みつけて、

「どうする。この場でグサリとやってもいいんだ。一度ならず、二度までも、人の命を弄《もてあそ》んだンだからな」

逸馬は鋭く眉間に皺を寄せて、何とも言えぬ毒々しい顔になった。

「こんなことは言いたくはないが、正直に言わぬのなら、俺は吟味方与力だ。おまえを貫吉殺しの下手人として、この場でお縄にして、獄門台に送ることだってできるんだ」

「！……」

「そうか。おまえがやったのか……うむ。なかなか、正直な奴だな」

逸馬は傍らで見ていた健吾に縄をかけさせた。縛られながら、

「か、勘弁して下せえ。あっしは違います。正直に言います。本当です」

「信じられないな」

「ほ、本当です」

「おまえの命は、明日処刑される勇次と交換だ。でなきゃ、お上に楯突いたってことで、この場で始末したって、一向に構やしない。どうせ、おまえたちも似たようなことをして来たのであろうが」

「本当です。あっしらは、金で頼まれただけなんです。本当です、本当なんです」

必死に言い訳をしながら、終いには己の不甲斐なさが情けなくなったのか、嗚咽《おえつ》するように泣き始めた。

それを少し離れた所から見ていた左吉に、逸馬はそっと近づいて、

「下らぬことをしやがって」

と匕首を奪うなり、バシッと思い切り、頬を叩いた。

「見ろ。これが、おまえが兄貴だと慕った奴の姿だ。他の奴らも、仲間を助けもせ
ず、てめえのことばかり考えて逃げたのを、見ただろうが」

「………」

「こんな男たちに、おまえは憧れてるのか。しっかりしろ！」

逸馬にもう一発、叩かれた左吉は、自分でも情けなくなったのか、おいおいと泣き
始めた。悔し泣きなのか、反省をして泣いているのか分からぬが、いつまでも頭を地
面に叩きつけていた。

八

「旦那様。お湯のお加減は如何でございましょうか」

「うむ。なかなかよいぞ。どうだ、お光。おまえも一緒に」

「いやですわ。恥ずかしい」

「何を照れておる。夫婦《めおと》ではないか。ささ、入って来い、入って」

「困ります。お杉もいますのに……」

下女と一緒になって、内風呂の薪を燃やしていたお光は、しきりに照れていた。町人の出だからか、気取らず、屈託のない性質《たち》の女房だと、中間や奉公人たちにも、すぐさま好かれた。

前田の屋敷はざっと千坪はあろうか。中堅の旗本と変わらぬ広さである。役職も寺社奉行の紅葉山火の番という、江戸城内にある霊廟の見張り番だから、普段はさしたる緊張もなければ忙しさもない。

だが、のほほんとしていると見せかけていて、実は上様の納戸役から側役、いずれはどこぞの旗本の娘でも貰って、出世したいという野望もある。

お光はそれまでの欲望を満たすためだけの女と言っても過言ではなかった。もちろん、そんなことは口には出さないが、吟遊会仲間の本多数右衛門や杉崎孝兵衛らには、本音を洩らしていた。

「お光、じらすでない。さあ、早く入って参れ、早く早く」

前田は子供じみた、ふざけた声で呼び寄せた。しかたない、という顔をしたお光は、艶やかな声で、

「それでは、失礼致します……」

と脱衣場に来て、着物をするりと落とすと、爪先で探るような足取りで、薄暗い湯船まで近づいて来た。

「いい湯加減だ……」

すっかりくつろいでいる前田の前まで迫ったお光は、突然、

「死んで下さい」

とだけ言って、既に抜き払っている前田の脇差で斬りつけた。

「うわッ。何をする！」

脇差の刃は、必死に摑み返そうとする前田の腕をシュッと斬ってから、ガツンと激しい音をさせて湯船の縁に突き立った。

「お光……おまえッ」

前田は真っ赤な顔になると、裸のまま、お光の腕を力任せに摑んで、

「誰かおらぬか！　誰か！」

叫び声に驚いた下男たちが駆け寄って来て、薄暗い蠟燭に浮かぶ血塗れた前田の姿に仰天しながらも、懸命にお光を捕らえようとした。お光の方も再び、脇差を握り直して、斬りつけようとするが、顔や肩に、二、三ヵ所だけ太刀傷をつけただけで、まったく致命傷には至っていない。

「何をぐずぐずしておるッ。早く捕らえろ」

前田の怒声は闇の中で響き、湯船はあっという間に赤い湯となった。足元が滑って、思うように、お光を捕らえることができない。

「死んで下さい！　死んで！」

振り回した脇差が、下男たちの腕も切った。鮮血が飛んで、一瞬、自分の目も見えなくなったお光は、出鱈目に脇差を振りながら、その場から逃れて中庭に駆け下りた。

灌木や植え込みの間を必死に走りながら、勝手口の方へ逃げ延びて、そのまま転がるように表に出た。

「追え、追えッ。追って殺せえ!」

供侍たちも慌てて追ったが、一瞬、見た者たちは、お光がやったとは思わず、他の誰かが、二人を襲ったと勘違いして、追うのをためらう者もいた。屋敷内には、数人の家来しかいない。広いのが災いして、お光の姿を眩ますこととなった。

既に、屋敷の外に飛び出しているとは知らぬ家来たちは、懸命に庭や奥座敷を探し回っていたが、一晩経っても、見つけることはできなかった。

湯に浸かっていたときは、酒でほろ酔いだった前田も、すっかり酔いが醒め、体につけられたいくつかの傷が、ひりひりと痛みはじめた。

「くそう。お光め……必ず、見つけ出して殺せ……おのれ……」

苦々しい顔で前田は恨み言をぶつぶつ言っていたが、自分がなぜ殺されそうになったかということには、まだ気づいていなかった。

その翌朝——。

小伝馬町牢屋敷では、勇次の処刑の準備に取りかかっていた。

検屍場の奥にある死罪場には、斬首のための血溜まり穴の前に、白い敷布が広げられ、役人たちが緊張の面持ちで待機していた。いつもなら、無口になっているはずの

役人は、ひらひらと舞い始めた雪に、

「哀れだな……こんな日になるとは……」

「いや。死出の旅路に相応しい朝かもしれぬぞ。夏の蒸し暑い日になんぞ、首を刎ねられとうない」

お互いの緊張をほぐすための対話に過ぎなかった。

山田浅右衛門も既に到着して、精神の集中を高めている。斬るのは一太刀で決めてやらねば、相手が可哀想だ。

「今日は、何人、おるのですか」

さりげなく、浅右衛門が尋ねると、牢役人が、三人ですと淡々と答えた。もちろん、その中に、勇次も入っている。

戦国時代の影響のある耳鼻削ぎだの、縁座・連座制などという厳罰主義ではなくなっていたが、重い罪には死罪が待っていた。しかし、儒教が広まって仁慈がよしとされていたので、お上もなるべく慈悲深い裁断を用意していたとはいえ、刑場まで来ると、一切の妥協は許さないという重苦しい雰囲気に沈んでいた。人が殺されるのだから、当たり前だが、そんな中で、浅右衛門は軽口を重ねていた。

「たった三人か……十五人も二十人もの時もあるが、そういう日は、賑やかでしょうがない。首を刎ねる方も、疲れはするが、それだけお役に立てたという自負もある」

処刑の日の夜は、浅右衛門は屋敷に帰るなり、夜通し酒盛りの宴会をするという。それは、自分が落としてしまった命に対する供養に他ならない。そのドンチャン騒ぎを聞いて、近在の者は、

――ああ、今日は処刑があったのか。

と分かって、掌を合わせたという。

実行前の軽口も、打ち首を失敗しないための儀式みたいなものである。

やがて、大牢から、斬首される囚人たちが、連れて来られた。そして、牢屋奉行の石出帯刀が最後に声をかけているうちに、さりげなく落とす場合もあれば、囚人によっては潔く、沈黙の中で臨む者もいる。

石出帯刀といえども、死出の旅路を見送るのは、いつまで経っても慣れるものではなかった。ただただ、成仏してくれという願いを抱いているだけだった。

「今日は……よき日じゃ。錺り職人、勇次」

最初に刑を受ける勇次は、がくがくと膝が震えて、牢役人に支えられても、立つことができなかった。

「最後に、何か言い残すことはないか」

と格式ばって、石出帯刀が尋ねると、勇次はじっと石出の方を見やって、

「俺は、断じて、人殺しをやってません」

とだけ答えた。その緊張した一瞬の隙に、刀が落ちてくることもあるが、勇次はゆっくりと座らされて、目隠しをされた。

「さあ、やるぞ」

と言う前に、スパッと斬るのがふつうだが、今日は、断じてやっていません、という素直な言葉に、ほんのわずかだが逡巡する気持ちが浅右衛門の中で働いて、仕切り直した。

まったく短い間だが、それは勇次にとっては、限りなく長い時に感じられた。そして、その長い時が、まさに勇次の命運を変えた。

「お待ち下され、お待ち下され！」

伝令役の牢役人が駆けつけて来て、大声を張り上げた。

「その処刑はお待ち下され！」

そして、引き続いて、逸馬が堂々と来て、

「今しばらく、お待ち戴きたい。この処刑は、しばらく待てとの、北町奉行・遠山左《さ》衛門尉《えもんのじょう》様からのお達しでございます」

とその旨を記した文書を、石出帯刀に手渡した。そこには、本当の下手人が見つかったから、詮議のし直しをする。ゆえに、刑は待てとあった。

勇次の無実が決定したわけではない。未決囚扱いに戻すだけである。そして、新たに見つかった容疑のある者を篤と調べた後に、判決を出すというのである。

「ほ、本当ですか……」

わなわなと震えている勇次だが、さらに安堵の気持ちが広がってきた。

「ありがとうございます……ありがとうございます」

勇次は、大牢に戻されたが、他の死罪の囚人は、そのまま実行されることになるであろう。浅右衛門は事もなげに淡々と、

「では、今日は、二名と相成ったということですな」

その言葉の軽やかな響きには、むしろ悲しみと慈しみが混じっていた。

九

顔や腕、肩や背中などが傷だらけの前田伴之進が、北町奉行所の詮議所に呼び出されたのは、お光に脇差で斬りつけられた事件があってから、五日後のことであった。

傷の快復を待ってというのが、表向きの理由だが、本当は、貫吉殺しの一件も併せて審問するためにと、奉行所の方で準備をするためであった。

お白洲には、お光が座らされ、前田は吟味役の逸馬の横に、〝被害者〟として、座らされていた。

逸馬の掛け声で、吟味は始まったが、前田は不愉快な顔を隠さず、

「いくら陪席でも、かような不浄役人の白洲に、何故に私が来なければならないのだ。これでも私は、将軍家の霊廟をお守りする役職であるのだぞ」

「この取り調べは、三奉行による評定所からも許しを得ております」

「なんだと……」

「しかも、あなたが、そこなお光に受けた刃傷沙汰についての審問です」

「この女は、私の妻だ。煮て食おうが焼いて食おうが勝手だ。それに、私も御家人とはいえ武士。町方のお白洲で裁かずとも、私がこの手で成敗してやる」

既に興奮気味の前田に、逸馬は静粛にするように命じた。でなければ、この場から退去させ、裁断はこちらで勝手にすると述べると、前田は仕方がないというふうに黙った。

「さて、お光とやら。まず聞きたい」

「はい」

「おまえは、何故、前田殿と祝言を挙げたのだ？　もっとも、前田様からはまだ正式に公儀に届けられておらぬゆえ、妻とは言えぬかもしれないが」

「…………」

「どうしてなのだ？　いつぞや、俺が訪ねて行ったときは、前田殿の嫁として生きてゆく。長い物には巻かれる。錺り職人の嫁なんぞ、まっぴらだというようなことを言ったな」

「はい」

「では、なぜ刃傷沙汰を起こしたのだ？　もし、逃げ損ねておれば、その場で無礼打ちをされても文句は言えないはずだ。屋敷から逃げ出したとき、隣の大御番組の門番が、襦袢一枚のおまえを見つけて保護をしたから、事なきを得たものの、下手をすれば、おまえは死んでいたかもしれぬ。一体、どうして、脇差で狙ったのだ。命を取ろうと思ったのだ」

「…………」

「何故だ」

「私は……以前から、前田様に言い寄られていました。本多数右衛門様のご紹介で、父に借金を頼みに来られてから、見初められてしまったのです。でも、私には、勇次さんという許嫁がいました。二人で言い交わし、亡くなった父も、認めてくれていた人でした」

逸馬は分かっていることだが、あえて尋ねた。

「おけいなる遊女を殺した咎で、処刑が決まった男だな、錺り職人の」

「そうです。でも、前田様はしつこくて、何度も何度も迫られました……ところが、ある日、勇次さんがおけいさんを殺した咎で捕まり、あれよあれよという間に、死罪が決まってしまいました。私は、何度も南町の与力様や同心の旦那に、勇次さんがそんな事をするわけがないと訴えましたが、退けられました」

「うむ。証拠が沢山、あるゆえな」

「でも、私は納得できませんでした……けれども前田様は、『勇次は所詮、ああいう男だったのだ。おけいが邪魔になったので、殺したのだろう』と、まるで勇次さんが、おけいさんと関わりがあったように言い、『そんな男よりも、私と一緒になれ』と、余計に言い寄ってきました」

「断る気はなかったのか？」

逸馬が優しいまなざしを向けると、

「もちろん、断りましたが……勇次さんの刑が決まったとき、私はもう居ても立ってもいられなくなったんです……元はと言えば、前田様が父の財産をダメにし、そして、勇次さんを奪った……ずっとそう思っていたのです。きっと、勇次さんは、前田様の罠にはまって、おけいさん殺しの下手人にさせられたのだと」

「そう思ったのなら、どうして、奉行所へ訴え出なかったのだ？」

「何も証拠がないじゃないですか。白を切られたら終わりだし、女一人の私に何ができましょう……」

お光は何度も自分を納得させるように頷きながら、

「だから、私は決心したのです」

「何をだ」

「前田様を殺して、勇次さんが処刑される日に一緒に死ぬって……」

逸馬はその答えを聞いて、なぜかホッとした。

しかし、前田は鼻白んだ顔で、

「出鱈目を言うな。おけいという女なんぞ、知らぬ」

「そうかな」

と逸馬は、傍らの文箱から、船宿『船清』の宿帳をポンと差し出した。

「そこには、『吟遊会』の面々の名が連なっているが……貴殿たちは、そこだけではなく、色々な所へ集まっては、飲み食いをして、遊女を呼んで、遊んでいたらしいな。たしかに、おけいは、『船清』にはあまり呼ばなかったようだが、おけいは、本多数右衛門にご執心だった」

「……………」

「ところが、いずれは本多修理様を継いで、勘定吟味役になるであろう数右衛門殿には、不釣り合いな女だった。けれども、おけいは、一緒になってくれなければ、ある事をバラすと脅しをかけた」

前田の表情が少し硬くなった。

「どうやら、もう分かっているようだな」

「さあ、何のことやら」

「おまえたちがやっていた『吟遊会』なるものは、俳句の吟行どころか、金蔓《かねづる》になる商人を狙っては、色々な利権をちらつかせ、金を出させて踏み倒す。しかも、逆らうようなことを言い出したら、難癖をつけて、闕所になるような、不正を仕立て上げる。そうやって、借金の棒引きをしていた。違うか」

「知らぬな」

「これでは、まるで、ならず者だ。ああ、ならず者と言えば……」

と逸馬は、遊女屋『桜井』の赤い半纏の男を、同心に引きずり出させて、

「こいつがぜんぶ、喋ったよ。おけいを呼び出して、殺したのは本多数右衛門だ。それを、勇次のせいに仕組んだのは、自分だとな」

「知らぬと言っている」

「こいつは、自分の不利になることも話しておるのだ。前田……おまえは、ならず者以下なのか？」

「黙れ、ふくろう与力などと呼ばれているそうだな。どんな腕利きか知らぬが、これ以上、侮辱すると……」

「なんだ。本多に泣きつくか、それとも杉崎か？　二人ともとうに、喋っている。おまえの悪事なんぞ、こちとら、とうに承知の介なんだよ！」

逸馬はぎらついた目になって、前田を挑発するように、

「おまえは見捨てられたンだよ」

「嘘をつくな。あいつらが喋るわけがない。俺たちは……」

と言いかけて、ハッと口を噤んだ。

「俺たちは、なんだ？　同じ穴のムジナか？」

「……………」

「なあ、前田。真実に迫った岡っ引の貫吉を斬ったのは、おまえだ。どうやら、勇次に代わって、死罪になるのは、おまえのようだな。それとも、武士だと意地を張るなら、切腹という手もあるぞ」

逸馬は扇子をポンと前田に投げつけて、

「同じ事を、後で、遠山奉行が質問なさる。南町のように、風邪を引いてる者はいないのでな、薬は効かぬぞ」

前田はがっくりと項垂《うなだ》れて、お光を見やると、

「俺は……本当に、おまえに惚れていたんだ。どうしても、おまえが欲しかっただけだ。それが、分からないのか……」

無念そうに同心に連れ去られるのを、お光は黙ったまま、見送っていた。

その日のうちに、勇次は小伝馬町牢屋敷から出ることができた。

勇次とお光は、逸馬に感謝の言葉を述べようとした。だが、逸馬はそういうのは苦手なので、二人とは二度と顔を合わさなかった。

その夜、『一風堂』に立ち寄った逸馬に、茜が近づいて来た。

「逸馬様……実は私……」

「なんだ？」

「今回の南町の対応を見ても、どうも納得できないところがあります」

「うむ」

「ほんとは、私……」

鳥居耀蔵の手の者だと告白しようとしたのであろう。そう察して、逸馬は止めた。

「言うな、茜」

「え？」

「ここに居て、仙人の側で色々と学んでみるがよい。そうしたら、もっとよく分かるはずだ。仙人がどういう人か、この世で大切なのは何なのかがな」

「逸馬様……」

見上げる茜の瞳に、月が映っていた。それを覗くような仕草をしていると、仙人が奥から出て来て、

「おいおい、逸馬。横取りするんじゃないぞ、こら。おまえはわしの教え子じゃぞ。わしの孫を勝手に連れ出してはならぬ」

「はいはい」

「返事はひとつでよい」

「はい」

「そういや、夕方、八助も来ておってな。逸馬、おまえのお陰で、何人か役人を処分できたとかで、奥右筆から一封貰ったそうじゃ。こっちへ寄附を回すように言うておけ。ガハハハ」

寒空にぽっかり浮かんだ満月も、声を出して笑っているようだった。

本書は文庫書下ろしです。

|著者|井川香四郎　1957年愛媛県生まれ。主な作品に、『冬の蝶 梟《ふくろう》与力吟味帳』（講談社文庫）のほか、「暴れ旗本八代目」（徳間書店）、「刀剣目利き神楽坂咲花堂」（祥伝社）、「船手奉行うたかた日記」（幻冬舎）、「金四郎はぐれ行状記」（双葉社）、「くらがり同心裁許帳」（ベストセラーズ）などのシリーズがある。

冬《ふゆ》の蝶《ちよう》　梟《ふくろう》与《よ》力《りき》吟《ぎん》味《み》帳《ちよう》
井川香四郎《いかわこうしろう》

2006年12月15日第1刷発行
2008年3月18日第3刷発行

発行者——野間佐和子
発行所——株式会社　講談社
東京都文京区音羽2-12-21　〒112-8001
電話　出版部（03）5395-3510
　　　販売部（03）5395-5817
　　　業務部（03）5395-3615
Printed in Japan

講談社文庫
定価はカバーに
表示してあります

デザイン—菊地信義
本文データ制作—講談社プリプレス制作部
印刷———凸版印刷株式会社
製本———株式会社若林製本工場

落丁本・乱丁本は購入書店名を明記のうえ、小社業務部あてにお送りください。送料は小社負担にてお取替えします。なお、この本の内容についてのお問い合わせは文庫出版部あてにお願いいたします。

ISBN4-06-275582-3

講談社文庫刊行の辞

二十一世紀の到来を目睫に望みながら、われわれはいま、人類史上かつて例を見ない巨大な転換期をむかえようとしている。

世界も、日本も、激動の予兆に対する期待とおののきを内に蔵して、未知の時代に歩み入ろうとしている。このときにあたり、創業の人野間清治の「ナショナル・エデュケイター」への志を現代に甦らせようと意図して、われわれはここに古今の文芸作品はいうまでもなく、ひろく人文・社会・自然の諸科学から東西の名著を網羅する、新しい綜合文庫の発刊を決意した。

激動の転換期はまた断絶の時代である。われわれは戦後二十五年間の出版文化のありかたへの深い反省をこめて、この断絶の時代にあえて人間的な持続を求めようとする。いたずらに浮薄な商業主義のあだ花を追い求めることなく、長期にわたって良書に生命をあたえようとつとめるところにしか、今後の出版文化の真の繁栄はあり得ないと信じるからである。

同時にわれわれはこの綜合文庫の刊行を通じて、人文・社会・自然の諸科学が、結局人間の学にほかならないことを立証しようと願っている。かつて知識とは、「汝自身を知る」ことにつきていた。現代社会の瑣末な情報の氾濫のなかから、力強い知識の源泉を掘り起し、技術文明のただなかに、生きた人間の姿を復活させること。それこそわれわれの切なる希求である。

われわれは権威に盲従せず、俗流に媚びることなく、渾然一体となって日本の「草の根」をかたちづくる若く新しい世代の人々に、心をこめてこの新しい綜合文庫をおくり届けたい。それは知識の泉であるとともに感受性のふるさとであり、もっとも有機的に組織され、社会に開かれた万人のための大学をめざしている。大方の支援と協力を衷心より切望してやまない。

一九七一年七月

野間省一

講談社文庫　目録

講談社文庫　目録

岡嶋二人　とってもカルディア
岡嶋二人　チョコレートゲーム
岡嶋二人　ビッグゲーム
岡嶋二人　ちょっと探偵してみませんか
岡嶋二人　記録された殺人
岡嶋二人　ツァラトゥストラの翼〈スーパー・ゲーム・ブック〉
岡嶋二人　そして扉が閉ざされた
岡嶋二人　どんなに上手に隠れても
岡嶋二人　タイトルマッチ
岡嶋二人　解決まではあと6人〈5W1H殺人事件〉
岡嶋二人　なんでも屋大蔵でございます
岡嶋二人　眠れぬ夜の殺人
岡嶋二人　珊瑚色ラプソディ
岡嶋二人　クリスマス・イヴ
岡嶋二人　七日間の身代金
岡嶋二人　眠れぬ夜の報復
岡嶋二人　ダブルダウン
岡嶋二人　殺人者志願
岡嶋二人　コンピュータの熱い罠《わな》
岡嶋二人　殺人！ザ・東京ドーム
岡嶋二人　99％の誘拐
岡嶋二人　クラインの壺
太田蘭三　密殺源流
太田蘭三　殺人雪稜
太田蘭三　失跡渓谷
太田蘭三　仮面の殺意
太田蘭三　被害者の刻印
太田蘭三　遭難渓流
太田蘭三　遍路殺《ころ》がし
太田蘭三　奥多摩殺人渓谷
太田蘭三　白の処刑
太田蘭三　闇の検事
太田蘭三　殺意の北八ヶ岳
太田蘭三　高嶺の花殺人事件
太田蘭三　殺人猟域〈警視庁北多摩署特捜本部〉
太田蘭三　待てば海路の殺しあり
大前研一　企業参謀　正・続
大前研一　やりたいことは全部やれ！
大沢在昌　野獣駆けろ
大沢在昌　死ぬより簡単
大沢在昌　相続人TOMOKO
大沢在昌　ウォームハート　コールドボディ
大沢在昌　アルバイト探偵《アイ》
大沢在昌　調毒師を捜せ　アルバイト探偵《アイ》
大沢在昌　女王陛下のアルバイト探偵《アイ》
大沢在昌　不思議の国のアルバイト探偵《アイ》
大沢在昌　拷問遊園地　アルバイト探偵《アイ》
大沢在昌　帰ってきたアルバイト探偵《アイ》
大沢在昌　走らなあかん、夜明けまで
大沢在昌　雪蛍
大沢在昌　涙はふくな、凍るまで
大沢在昌　ザ・ジョーカー
大沢在昌　夢の島
大沢在昌　新装版　氷の森
大沢在昌　C・ドイル原作　バスカビル家の犬
逢坂　剛　コルドバの女豹
逢坂　剛　スペイン灼熱の午後

講談社文庫 目録

講談社文庫　目録

講談社文庫 目録

角田光代　エコノミカル・パレス
角田光代　ちいさな幸福〈All Small Things〉
角田光代　あしたはアルプスを歩こう
角田光代　庭の桜、隣の犬
角田光代　人生ベストテン
川井龍介　122対0の青春〈深浦高校野球部物語〉
金村義明　在日魂
姜尚中　姜尚中にきいてみた！『アリエス』編集部編〈東北アジア・ナショナリズム問答〉
岳真也　密事《みそかごと》
岳真也　溺《おぼ》れ花《ばな》
岳真也　色散華
片山恭一　空のレンズ
風野潮　ビート・キッズ Beat Kids
風野潮　ビート・キッズⅡ〈Beat Kids Ⅱ〉
川端裕人　せちやん〈星を聴く人〉
鹿島茂　平成ジャングル探検
片川優子　佐藤さん
神山裕右　カタコンベ
かしわ哲　茅ケ崎のてっちゃん

金田一春彦・安西愛子編　日本の唱歌全三冊
岸本英夫　死を見つめる心〈ガンとたたかった十年間〉
北方謙三　君に訣別の時を
北方謙三　われらが時の輝き
北方謙三　夜の終り
北方謙三　帰路
北方謙三　錆びた浮標《ブイ》
北方謙三　汚名の広場
北方謙三　活路
北方謙三　余燼(上)(下)
北方謙三　夜の眼
北方謙三　逆光の女
北方謙三　行きどまり
北方謙三　真夏の葬列
北方謙三　試みの地平線〈伝説復活編〉
北方謙三　煤煙
菊地秀行　魔界医師メフィスト〈黄泉姫《よみびめ》〉
菊地秀行　魔界医師メフィスト〈影斬士《えいざんし》〉
菊地秀行　魔界医師メフィスト〈怪屋敷〉

菊地秀行　吸血鬼ドラキュラ
北原亞以子　深川澪通り木戸番小屋
北原亞以子　深川澪通り燈ともし頃
北原亞以子　新地橋〈深川澪通り木戸番小屋〉
北原亞以子　夜の明けるまで〈深川澪通り木戸番小屋〉
北原亞以子　降りしきる
北原亞以子　風よ聞け〈雲の巻〉
北原亞以子　贋作天保六花撰《うそばっかりえどのはなし》
北原亞以子　花冷え
北原亞以子　歳三からの伝言
北原亞以子　お茶をのみながら
岸本葉子　三十過ぎたら楽しくなった！
岸本葉子　女の底力、捨てたもんじゃない
桐野夏生　顔に降りかかる雨
桐野夏生　天使に見捨てられた夜
桐野夏生　OUT《アウト》(上)(下)
桐野夏生　ローズガーデン
桐野夏生　ダーク(上)(下)
京極夏彦　文庫版　姑獲鳥《うぶめ》の夏

講談社文庫　目録

講談社文庫　目録

2008年3月15日現在